原來幸福一直都在

牧童——著

目次

開卷話

我整個人被一股巨大力量推向空中，呂少軒的臉愈來愈遠，髮絲從我臉龐兩側向前飄起，雙臂不能控制地往上方浮起——

驚乍懾魄的心臟急速收縮、顫慄魂飛的瞳孔一秒變細！因為我的身體開始被邪惡力量吸往地獄、從空中往後直線下墜……

帥氣的父親頭也不回地出門去、媽媽簽字離婚後痛哭的模樣、我和哥哥在家門外等到黑夜降臨、高中時被假柔和她的死黨關在廁所的我是那樣無助、在圖書館哭泣時身後遞上的手帕、第一次看到文曲側臉時的心跳、那些跟蹤著文曲想知道他是誰的心情、文曲第一次牽住我的手是那麼地溫熱、大典館天台上的星空永遠璀璨浩瀚、回高雄在阿嬤家吃的香菇炒麵、在曲以前的學校盪鞦韆時我怎麼還在猶豫、摩天輪上許的願望和耳鬢的燥熱、老是讓人認為介入我們的李恩倩居然變化這麼多、卓珊珊跟我說的話到底可不可信、剛剛慫恿我來的室友們哪去了、今晚的慶生原來只是蔡仁傑看呂少軒不開心故意幫他製造的告白機會……

聽說神會讓瀕死之人，回顧生前的每一次經驗，在眼前如走馬燈般重播，原來是真的。我已經看到自己一生種種……

曲啊，還沒跟你道別，我就要離開這個世界了，這遺憾讓我好想哭……

我走了之後，這個世界還有誰會記得我？

曲，你會不會忘了我……

第一話

「下課後，大家到系辦公室前集合。每個人都要去和自己大一的直屬學弟妹相認，然後帶學弟妹參加七點在興中堂的迎新晚會喔。」亂烘烘的教室裡，班代張淑卿提高了聲宣布。

「現在才說？人家早就有約了耶。」坐在身邊的曉雨側頭低聲道。

「跟子謙有約齁？好幸福喲。」我給她一個笑臉。

「什麼啦。」她雙靨泛紅，「那我的學妹就麻煩妳帶一下了。」

「我幫妳帶……？」

「好像面有難色？」她小嘴一歪，「喔！原來妳也想蹺！」

「噓！別說那麼大聲。」

「妳也有約齁？好幸福喲。」她給我一個鬼臉。

坐在前面的詩雅回過頭，給我們一個臭臉：「妳們兩個，給我乖乖去參加迎新晚會，哪都別想去！」

曉雨和我相視咋舌。升上大二，蘇詩雅優異的公關能力讓她被選為康樂股長。我們都忘了迎新晚會是她上任以來第一場代表作。

下課後，在詩雅的銳利盯視下，曉雨和子謙裝作滿心歡喜地手牽手，一起去迎新。而我也只好心不甘情不願地偷撥手機給文曲，取消原本要去的夜遊。

文曲是我在大一時暗戀的男生，一個善良、體貼、對任何人都超耐斯的法律系男孩。暗戀的對象會成為交往對象的案例不多，交往後會成為知心情侶的案例更少。但幸運的是，曲已經是我的男友了，更幸福的是，他對我很好。

「這樣啊？那擎天崗改天再去好了，不要讓學弟妹失望。」

手機那端傳來他溫暖的聲音。

一開始，我就是被這溫暖又堅定的聲音吸引，才注意到他。

「還規定說每個人都要準備節目，我到現在都還不知道要幹嘛，好煩。」我嘟著嘴，一邊講一邊把課本收進背包裡。

「唱〈心牆〉呀。」

「嗯？」

「妳唱〈心牆〉，很好聽啊。」

暑假時，我和曲相約去看海。

那時，他的雪白襯衫隨著海風的節奏，輕柔飛舞。

幾度，他的烏黑瞳眸遠眺海平線的船帆，沉思恍惚。

望著他好看的側臉，不想問他在想什麼，只是自然地從身後擁住，把臉頰靠在他的背上，從溫暖裡得到幸福。

我不自覺哼起了〈心牆〉。那時，他沒有說好聽。現在聽他這樣說，心裡有巧克力的味道。

「那，你可以來幫我伴奏嗎？」

「呃？沒關係嗎？」他還記得我說過，我們的戀情要低調保密。因為大一時我飽受流言傳說的困擾，為了保護曲、保護我與曲之間得來不易的這份感情，到現在除了曉雨和子謙外，我都還沒跟任何人提起和曲在一起的事。

「嗯。人家問的話，就說我們是好友吧。」

「好啊。」

步出教室，在門口的詩雅分給每人一張資料卡：「每個人都按學號找自己的直屬學弟妹，請熟記學弟妹的個人資料，才不會太陌生！」

系辦前的走廊上，學弟妹們原本窸窣低語，在張淑卿的擊掌下頓然而止。

「歡迎各位學弟妹加入社福系的大家庭！我是社福二A的班代張淑卿，現在開始點名，點到的請往前站一步，會有學長姊出來認你們。」

站在眼前的盡是生嫩的面孔，有的看來靦腆，有的寫著期待。

張淑卿逐一點名，班上幾個男生見到走出來的學妹長得正，還發出「耶」的低呼聲。連續幾位的學妹被叫出來，男生低呼「耶」的聲音愈來愈清楚。

「王靜恬。」外型亮眼，笑得很嬌的學妹站出來；我身後傳來長得猥瑣的郭倍自言自語：「哇，超正！冒喜呀！學長是誰？」

「哈囉，學妹。我是學姊廖曉雨。」曉雨立即上前，親切地拉起學妹的手。

我回頭低聲：「可惜不是你。」

「還有機會，呵呵。」郭倍伸長脖子，往前觀望。

「喔？你的也是學妹？」

他滿心期待地低聲呵呵傻笑，說什麼他的學妹是林志玲。

我心裡才犯嘀咕，就聽到張淑卿點喚林志玲，引來大家一陣驚呼。

哪有可能！我搶過他手中的資料卡，原來是：林智菱。

所有搜尋的目光都寫著期待。

一位學妹怯生生地走出來。

長得很……安全，身材很……安穩。

「袁芫媛，妳直屬學妹。」郭倍馬上向身邊的袁芫媛說。

芫媛體重雖然與個性一樣樂觀進取，腦袋可清醒著：「我、的、是、學、弟。」

「她的學長還是學姊是誰？」張淑卿見無人出來相認，大聲問道。

郭倍放低身子，打算溜出人群，同時放聲：「是蹺課沒來的混仙秦勝華——」

我一把拎住他的衣領：「的室友郭倍！」

他垂頭喪氣地走出去認領。

「下一位，呂少軒。」

我瞄了一眼手中的卡片，站上前：「哈囉，學弟。我是學姊江竹鈴。」

學弟妹們傳來一陣低呼，有人說：「哇，好正的學姊。」

「李恩倩。」長髮遮住半邊臉的女生從後方擠出來，張淑卿見沒人上前認領，瞄了一眼手上的文件，「她的學長是……秦勝華。」

「開學到現在還沒見過他。」左子謙是他的室友。

現場一陣靜默。學妹低下了頭，另半邊臉也不見了。

我的女俠細胞不自覺站起來，走近她：「學妹，跟我們一起吧。」

廖曉雨、蘇詩雅與袁芫媛，是在大一時同住大慈館的室友。經歷一年華岡的風雨雲霧，雖然偶有誤解、摩擦，也曾共同歡笑、彼此扶持過；到學期末開始為下學期的住宿打算時，她們竟不約而同要與我繼續當室友。

情同姊妹、喜歡用可愛語氣叫我「竹竹」、聽起來卻像「主竹」的曉雨說：「主竹像天使一般照顧我，人家當然要和主竹繼續同住啦！」

經常和我鬥嘴、不時話中有話、對我的原則嗤之以鼻的詩雅說：「有竹鈴的筆記和重點，我才能放心去聯誼找幸福。」

愛吃愛睡、號稱「胖子界久令」的芫媛說：「沒有竹鈴的Morning Call，上課怎麼爬得起來？沒有竹鈴為我們準備的早點和消夜，人家怎麼胖得起來？」過一個暑假，體重已超越九〇的她，講「人家」的時候，還學曉雨歪著頭，讓我不知如何回應，只能苦笑。

所以升上大二，我們四個仍然同寢室。

依詩雅的提議，在與直屬學弟妹相認後，我們與曉雨的班對男友左子謙相約帶學弟妹到大雅館餐廳吃晚飯，藉此拉近距離。

「我是大二的康樂蘇詩雅，歡迎你們加入社福系的大家庭！以後有關聯誼的活動可以來問我，室友們老愛稱我聯誼女王，要找幸福找我就對了。以後如果不從事社工，我可能會開一家紅娘婚友公司喲。」詩雅的開場白，讓眼前原本拘謹的表情放鬆不少。

詩雅接著還介紹了學校及系上的事，引來笑聲；她的公關能力果然超強。但是我發現坐在面前的學弟似乎沒在注意聽，他的表情……盯著我。

「學弟，」我不禁摸了一下臉頰，「我臉上有什麼嗎？」

他發現我的目光對上，趕緊迴避：「喔，沒、沒什麼。」

微捲的髮、放電的眼、有型的腮，想不到學弟是一般女孩子會喜歡的那種帥。

大家各自領著學弟妹到自助餐檯點菜，再回到座位。

為了化解陌生，我照卡片上的基本資料，主動與他聊一些高中生活。

高中時念的是明星學校，是校際盃的籃球明星，功課是師長心目中的明日之星，連長相都像電影明星。

所以班上女同學、學妹，見到他都會像見到偶像般，低聲尖叫。

「低聲尖叫？你……會不會太敢講了點……」我囁嚅道。

坐旁邊的王靜恬插話：「他說的是真的。我高中時和他同班。」

「喔。」有目擊證人，看來這個呂少軒不是在臭屁，「咦，那妳跟他——」

「人家有男朋友了啦……」她嬌嬌地低聲回應，害羞樣子跟曉雨一樣可愛。

「那，看來學弟應該也有女友了吧？」按同理可證的邏輯，我隨口找話題。

「沒有，我沒有一個看上眼的。」雖然是夏末，華岡的風，仍然很大、很涼，加上他冷冷地拋出這句，我的背脊一陣冷。

我不知該接什麼。原本轉頭的靜恬學妹趁與曉雨聊天的空檔，又朝我作證：「他不是驕傲，是眼光太高，他說要將今生所有的愛，用來只愛一個人，所以不是最愛，不會交往。夠專情吧？呵呵。」

「是喔。」這個眼光比一〇一還高的呂少軒，讓我不知該跟他再聊什麼。

他也尷尬起來，「學姊別聽她亂說。那時只是想專心念書，不想分心而已。」

「啊，原來如此，真乖。」我點點頭，鬆了口氣。「以後需要筆記、畫考試重點，都歡迎來找我。但如果想談戀愛，就找詩雅學姊吧，她辦的聯誼活動不會讓你失望。」

「歡迎各位學弟妹加入社福系的大家庭！」興中堂的迎新晚會，在麥克風裡傳來班代張淑卿高亢叫聲中，正式開始。

朱紹宏首先上台，方頭大耳的他頂著紅色的假髮，把自己的臉當成獅頭，隨著鼓聲跳來跳去……他竟表演人肉舞獅！馬上惹得一陣哄堂大笑。

我邊笑邊跟身旁的學弟介紹：「他是我們班的活寶，上課時老愛搞笑。」

接著是凌學琪與陳綺安，兩人濃妝艷抹，一搭一唱，以極三八的方式上演檳榔姊妹花，把氣氛搞得更嗨。我笑到肚子痛、差點喘不過氣：「她……她們是我隔壁室友……呵呵……」

然後是芫媛和高英、邵宣蔚一起演出山寨版偶像劇《吸力人妻》，她飾演「吃太飽」之後的愛家閒妻，周旋在高帥丈夫與貼心情人間。結局是她幸福洋溢地把重量杯的可樂在一秒內全吸光，然後以一個轟天巨嗝作ending！

「這是魔術嗎？」人群中傳來驚異地質問。

「原來是吸力超強的人妻！」坐我前面的曉雨面露驚恐回頭說。唉，偶像劇果然能實現所有女生的夢想，不論胖瘦。

「芫媛很好相處的。」轉頭望向呂少軒，發現他也望著我。

「喔，是啊，袁學姊很有趣。」他微笑回應。

詩雅對男生的吸引力，我從來不曾懷疑。她的鋼琴獨奏，讓人群中傳來「這個學姊我一定要追到」的竊語聲。

中場，張淑卿上台為新生介紹社福系的課程與未來生涯展望。

我發現呂少軒有些不專心，找話題問：「念社福系是你第一志願嗎？」

「呃，不是耶。其實我最想念的是心理系。」

「主竹大一時的心理學分數很高，你想轉系可以問她喲。」曉雨插嘴道。

「可以嗎？」他眼睛一亮。原來他並不想留在社福系。

「嗯。」

曉雨與左子謙這雙班對，接著上台以說說唱唱的方式表演各科老師上課的特色，小萌女與美正太的默契十足，引來大家開心的掌聲。

在笑聲中，我看見文曲出現在門口。

「該我上台了。」我起身離開呂少軒，往門口走去。

原本掙扎於文曲在系上現身，會引來流言蜚語的困擾，所以，電話中要求他以好友的身分為我伴奏。始終沒有在任何人面前表示他是自己的男友，常擔心他誤會我不願承認，會影響我們之間的關係。

文曲有弧度的直髮側掩額頭，在有型的眉梢處相接，眉下的瞳眸清亮有神。鼻樑勻挺，鼻翼柔和，沒有俗帥的氣息，只有恬靜的堅定。鼻下的嘴唇彎度優雅。當他沉思些什麼，嘴唇時抿時努，嘴角時平時起，真是好看。當他微笑的時候，編貝整齊呈露，小虎牙悄悄現，真是可愛。

最重要的是，他對我真的很好。

所以，如果他要求向朋友說：「他就是我的男友」、「我最喜歡的人就是他」，我一百個願意這麼大聲宣布。

不過他從來沒有表現出介意的樣子，而且我發現，他對我的了解，是我今生絕對不會有半點懷疑的事實。最神奇的是，彷彿他在還沒認識我之前，就已經知道江竹鈴是怎樣的一個女孩。

但是……我的顧忌是什麼呢……

跑向他身邊，見他身後還站著兩位學長，三人都揹著吉他、戴著好酷的墨鏡，我懸著的心立即就放下了。

「你幫我設想好了？」我悄聲問。自己一定笑得很甜。

「嗯，吉他社的學長來幫忙，這樣，妳就不會擔心別人猜測我們的關係了吧？」聲音中的堅定，給我滿滿的安全感。

我們四個到後台等待時，我向學長道謝。學長回應：「不要客氣，曲幫我們的更多，我們不過是來彈曲而已，哈哈！」

我點點頭。文曲對每個人都好。對我，更好。

擔任雙主持的張淑卿與蘇詩雅與台下學弟妹一陣亂虧瞎哈拉之後，應該已經讓生澀的氣氛一掃而空。「接下來，歡迎你們的學姊江竹鈴帶來的節目，來賓請掌聲鼓勵！」

布幕拉開，我獨自站在聚光燈投射的光圈裡，他們則坐在我身後的黑暗處。

事後回想，讓文曲在我生活的聚光燈光圈外，真是智慧的決定；雖然當下潛意識裡還是覺得有點對不起他，畢竟，他對我那麼好，我卻好像要把他永遠埋在見不得人的地方。

「各位學弟妹好，我是江竹鈴。詩雅指派我的任務是為大家介紹大一的必修課心理學。其實心理學是一門既實用又有趣的課程，讓我們都能認識自己，也能了解別人。簡單地說，它有穿越各位心牆的神奇功能唷！」

悅耳的吉他聲從身後傳來，我很認真地唱：

一個人　眺望碧海和藍天
在心裡面那抹灰就淡一些
海豚從眼前飛越　我看見了最陽光的笑臉
好時光都該被寶貝　因為有限

空氣裡，只有歌詞乘著弦音鋪成的溪流，潺潺滑行在每個人的呼吸之間。台下完全靜默無息，不知是因為唱得太好還是等著走音，我有點擔心，不自覺地返身。聚光燈的光圈隨著我返身而擴大，身後三位身著白襯衫、戴墨鏡和白帽子的男生在為我刷著和弦，他們一起抬起頭。我望向文曲，他微微牽起唇角，頭微微側向肩部，指微微撥著琴弦，腳微微踏著拍子……

墨鏡後面，一定是鼓勵的眼神，注視著我。

擔憂雲散，一定是信心的溫熱，貫注心房。

我從快走音的懸崖輕快地轉彎，面對台下，輕輕柔柔唱著：

你的心有一道牆　但我發現一扇窗
偶爾透出一絲暖暖的微光
就算你有一道牆　我的愛會攀上窗台盛放
打開窗你會看到悲傷融化

第二話

唱畢，台下鴉雀無聲，空氣中只剩大成館外的山嵐飄動。

啊我是唱得多難聽嗎……

幾秒後，忽然有人叫道：「安可！」接著爆出大量的掌聲，才鬆了一口氣。

等掌聲稍歇，我繼續分享學習心理學的心得，這時心中已沒有不安了。

「所以，大至社會群體的集體意識，小至個人的感情認知，都可以在這門學科裡得到有科學根據的解答。最重要的，學好它，可以讓我們幫助別人幸福，自己一定也會因此有幸福的感覺！讓我們都能幸福著吧。」一下完結論，身後揚起旋律，這種輕柔的指法，一定是文曲彈的。我陶醉地接著唱：

讓我們都能幸福著　在各自的旅程快樂
回憶　做夢　要讓笑容一直照亮　孤單的時刻
我們會永遠幸福著　傷口被擁抱痊癒了
眼淚　倒流　會有道彩虹　溫熱心的天空

回到寢室，才進門，詩雅就迫不及待湊上來：「快說，剛剛幫妳伴奏的那個男生是誰？」

「喔，吉他社的三個學長……」我暗自好笑。詩雅先前和文曲見過面的，但是一致的墨鏡、白帽和白襯衫讓她認不出來。

「妳什麼時候去參加吉他社了？」

「打算這學期去參加。」

「咦，有古怪！」她掃向曉雨，「曉雨，坐在右邊那個好像很眼熟齁？」

「蛤？」曉雨避開她的視線，瞥向我，「坐中間那個比較帥吧……」

「右邊那個是竹鈴的男友嗎？」詩雅的觀察力真可怕。當時我背對著台下，曲又戴著墨鏡，她怎麼可能看到我跟曲對到眼神……

「中間那個不是。」厚！單純的曉雨真的是藏不住祕密耶！

「左邊那個呢？」

「不是啦。」

「喔，所以右邊那個是囉？」

買尬！快被套出了！我趕緊掩飾：「妳乾脆猜三個都是吧。」

「三個？真的嗎？」

「拜託！人家不能請男生伴奏嗎？幫我的男生就一定是男友嗎？」

「沒關係，妳不說，我一定能查出來的。」聯誼女王的能力，讓我膽顫心驚。

我和曉雨相對一顧，都露出鬆了口氣的表情。

原本以為逃過一劫的，想不到詩雅打開電腦，把她相機裡的記憶卡接上電腦，開始檢視晚會活動時拍的照片和攝影檔。我趕緊拉了曉雨去淋浴間洗澡，以躲避詩雅的嚴厲拷問。

女生洗澡有時像蝸牛爬上檳榔樹頂一樣久。出來後，發現詩雅已不知去向。

「主竹，妳幹嘛不敢講妳和曲的事啦，這樣我壓力好大，好怕會被詩雅挖出來耶。」曉雨東張西望，像在躲鬼一樣。

「太閃太張揚的戀情一定沒好下場，這就是我的原則。」

「妳固執的原則病又發作了？」她望著我，眼神超無辜。

「我的原則妳不認同嗎？」

「妳的原則都對，但是有這麼可怕嗎？我和子謙也沒避諱什麼呀。」

「妳和子謙是被大家祝福的，當然不適用這個原則。」

「為什麼妳不認為自己會被大家祝福啊？」

「……」一段戀情要被多少人祝福，才能有好結局？我語塞，雙手手指不自覺交纏互扭著，不明白自己為何如此不安。「我還沒想清楚這個問題……我只知道，有的幸福會自然被祝福，有的幸福要辛苦被呵護。」

寢室門被突然推開，曉雨還想說些什麼，卻被猛灌進來的山風打斷。

「竹鈴，妳不夠意思喔，」芫媛抱著一大包洋芋片衝進來，「什麼時候交了男朋友都沒跟我們說？」

「妳、妳聽誰說的？」我和曉雨的眼神飄來瞄去的，心虛得很。
「剛剛在隔壁聊天，詩雅說給學琪、綺安聽，我正好聽到。」
「她說什麼？」
「她說妳在晚會上邀請三個帥哥伴奏，其中有一個一定是妳男友。因為妳當時有灑花轉圈圈的表情。」
灑花轉圈圈？我真的有這樣嗎……
「是我在唱歌，為什麼她只注意帥哥呀！」
「嘿嘿，我也是只看帥哥呀。」她抓了一大把薯片往嘴裡塞，「她說妳不敢承認，我說直接殺來逼問妳就行了！」
「意思是，她還在想辦法查？」
「她說要把晚會的照片和影音檔po上網，來個人肉搜索！」
一支閃電插入腦，兩陣雷聲轟細胞！全身像被震驚烤，死撐不讓自己倒！
「人肉……」我怒急攻心，起身在寢室內團團轉，「她人呢？她人呢？」
「搭夜車去台中聯誼啦！」
我馬上打開電腦，從臉書、噗浪、微博，到批踢踢、死該斃、幽土斃，全面啟動火速搜索，結果並未發現與自己有關的po文。我暗自慶幸詩雅沒有太白目，想說等她回來再好好警告她。

第二天中午，我和曉雨在大雅館餐廳吃午飯。

「自我概念是指個人對自己的看法或評價，依照社會學家顧里的鏡中自我學說，一個人對自己的各種了解與評價，通常都是來自於他人對我們的態度反映，每個人自我觀念的發展，是透過他人的態度及反應的好壞，意識到自己是個什麼樣的人，因而了解自我。」我模仿剛才上課時，人類行為與社會環境學老師講話的語氣。

「嗯，沒錯呀。老師說，就像很多人都說我漂亮，我就會逐漸覺得自己漂亮。」

「可是妳知道朱紹宏怎麼解讀？」

「呵呵，他說：『老師，這理論不通呀，因為別人聽我講話的反應總是哈哈大笑，難道我該意識到自己不過是個笑話而已嗎？』」

「呵呵呵，芫媛更寶，她還回應說：『對呀，什麼爛理論，別人看我的態度總覺得我肥得像豬，難道我真該意識到自己是隻豬？』」

聊著剛剛上課時的搞笑場面，我們笑到彎腰肚痛。

我們開心地笑著，卻傳來冷笑聲說：「哼哼。實在不怎麼樣嘛……」

我們同時僵住。我往曉雨身後望去，與一個大眼睛、大鬈髮、戴大耳環的女生目光對到。

那是銳利而不屑的眼光。

曉雨回頭瞄了她一眼：「主竹，妳認識她唷？」

我收回目光，低聲道：「不認識，應該不是在說我們。」

接著那個女生和她身邊女生的對話，讓我們止住了原先的談笑：

「我才不相信他會選擇這種女生，太低俗了。」

「可是網友都是這樣傳的耶。」

「妳看她言談粗俗、舉止做作，妳認識中的小曲眼光有這麼低嗎？」

「他很優呀，可是網友真的這樣傳呀，連照片都有了。」

「哼，搞不好是電腦合成的吧！反正這種貨色我還沒放在眼裡。這裡吃飯的氣氛不對，我們走吧。」她們起身離開，大眼女臨走前還瞪了我一眼，那眼神：超不屑的！

她們在講誰？誰言談粗俗、舉止做作？在講我嗎？小曲是誰？難道是……

我的臉色一定忽白忽綠。曉雨睜大了眼：「她們在說文曲嗎？」

「我比較想知道網友是誰。」

回到宿舍，馬上打開電腦。一陣搜尋，嚇到差點昏倒。

我在台上唱歌的影音檔片段、從影音擷取成的照片，連同討論區，在好幾個部落格出現。其中一個名為「山中仙」的部落格中甚至出現可怕的人肉搜索：

——哪位大大知道唱歌的女生是誰？急急急！

——好正的妹，是哪個學系的系花嗎？

——不是，是小三花。

——奪人之愛，人人得而誅之。待我拜孤狗大神和雅虎大神後，馬上回報。

——應該是在陽明山上別稱〇岡的某校社福系……

——請問大大，她讀大幾？

——好像姓江，記得名字裡好像有竹子還是木棍之類的。

——我有她的名字、學系，給妳私訊，妳參考看看。

另外有一個版主暱稱為「ㄚㄚ」的部落格，則po文標題為：「重金懸賞墨鏡男的真實身分」，將我昨晚唱歌的照片po上，但是用紅圈把文曲的臉圈起來。

才半天的時間，人肉搜索已經悄悄展開！看得我膽顫心驚。

「這些版主都用化名暱稱，不知是誰啦！」曉雨也急起來。

詩雅哼著歌，飄進寢室。

「詩雅，是妳把我的照片po在部落格上的？」我氣極了，語氣很差。

「嗯？」她望了我一眼，沒作聲，靠近電腦瞥了一眼才說：「哼，這根本不是我的部落格。」

「如果妳想知道他是誰，我告訴妳就是了，何必這樣！太不尊重人了。」

「固執鈴，我剛才說話妳聽不懂嗎？這個不是我設的部落格。」她不屑地白我一眼：「妳的原則就是：戀情要低調，才不會太早破局，對吧？」

「可是版主明明是雅雅——」

「是歪歪吧！」

「歪……歪是誰呀？」

「我沒有把妳昨晚的任何照片po上網，因為後來我認出他是誰了。他是大一時和我們寢室聯誼的文曲嘛，原來妳喜歡的是這型的。」

「我、呃、哪型的啊、妳沒po，那……」我變得語無倫次。

「不過看來，和妳有同好的人還不少哩。」

「蛤？」

「聽說妳昨晚的表演，吸引了不少男生的目光，而他的表演，吸引更多女生的注意。」她用同情的目光瞥我：「優質男夠閃，遇到難，打退小三更難。」

「不、不知道妳在說什麼。」

「那個什麼歪歪的版主，不是就妳的情敵了嗎？妳不怕他被人家搶走？」

「搶……」我錯愕，但隨即恢復淡定，「我才不怕哩。」

「對妳的文曲這麼有信心？小心男生是多變的喲。」她別具深意地望著我，「以我多年辦聯誼的經驗，男生我可看得比妳多唷。」

咦，這麼說來，那個什麼ㄚㄚ的，找文曲幹嘛……

「人家文曲才不是妳想像的那種男生！妳別嚇主竹嘛。」曉雨見我恍神，忽然無話可接，擔心地望著我對詩雅說。

「厚！臭曉雨，昨天問妳還不講，原來妳早就知道竹鈴跟文曲交往的事了！」她作勢要搔曉雨的癢，兩人拉扯著嘻嘻哈哈打鬧起來。我忽然放下疑惑，想到曉雨都比我還信任曲，管那個是鴨還是歪的幹嘛找他，我對曲有信心。

感情，只要有信任，就能走得長遠。

此時有人敲門探頭進來：「樓下有人找江竹鈴喔。」

我謝過通傳的樓友，匆匆下樓，途中還想著：「曲找我有什麼急事嗎，怎麼沒先打電話？」

到大慈館門口，沒看見曲，卻發現站在柱子旁的是呂少軒。

「哈囉，學姊！」

「學弟？」

「有些事想請教，不知學姊現在有空嗎？」他露出陽光般的笑容。

「喔，好啊。那，找個地方坐吧。」我們信步往大仁館方向走去。

他說想要我告訴他每科老師的考試風格、該怎麼讀、該看哪些書。

「你最想念的不是心理系嗎？這麼認真，不打算準備轉系考？」

「問過一些學長姊，好像社福系未來也可往諮商、輔導的領域發展。」

「唔，其實都是幫助人的工作嘛，而且都是從心幫助人、幫助人心唷。」

「學姊很喜歡用心幫助人？」

「嗯。看到別人幸福，自己就會感染幸福的感覺，不是很好嗎？」

「果然，聽其他學長姊說，妳以俠女自居。」

「呵呵，亂說亂傳，你可別亂聽亂信。」

我們在百花池廣場找了張長椅坐下，他拿出功課表和小記事本，開始逐科詢問。自己的直屬學弟，我當然是知無不言了。百花池廣場上方樹蔭蔥翠層層，投下的陽光點點，隨風輕游在空中，來回飄移，不時混著乘風滑落的淡黃葉末，空間裡瀰漫著恬適與幻影。在交談時的空隙間，我望著他低頭振筆，髮梢前專注的眼神，彷彿看到另一個男生的身影，在他身上忽疊忽離。那身影，原本藏身圖書館閱覽室的一角，時而抬頭凝視窗外枝枒上的藍鵲，時而低頭注視眼前的畫紙，振筆素描著。那身影的視線，突然轉向，與我四目交接，那一時刻、那一空間，我還不知未來會發生何事，只有滿心期待而已。

期待宿命的機遇，能讓分居兩側的心越過陌生高牆，感受到對方的脈動。

之後，那身影起身，走向我的生活，走進我的記憶，走入我的心田。我不認識他，但他竟然知道我，了解我，懂我的心，更在奇巧的機緣下，彼此有了靈犀。

這樣奇異的機遇，是老天憐憫童年不幸福的我給的補償，還是因為我經常以女俠自居助人的獎賜，我不知道。但我知道，只要看著他深邃神祕的瞳孔、聽到他斯文開朗的笑聲，胸口就有溫熱。

從手心與手心摯暖地相觸後，原本的沉鬱心霧被破曉初光照入；因為相信麗日將臨，所以背對黑暗與陰冷。

在枝葉篩透的光圈點、池裡錦鯉的游泠聲與現憶交錯的朦朧感中，我在那個開顏裡，看見他的小虎牙……心酥了，眼茫了……想著想著，嘴彎了，頭傾了。

「妳笑的時候，很……好看。」

「……唔？」魂剛剛到哪去了？突然發現呂少軒直勾勾睇視著我，急速從恍神中醒來，耳根一陣燥熱，連忙以乾咳掩飾：「呃哼，不准取笑學姊！學姊講話怎麼不專心聽呢？剛才說到哪了？」

他趕緊收回視線，「說到社會學的段考重點。」

「喔，不平等與社會控制，必考！」

郭靜這時突然唱起〈回憶的閣樓〉了。我從口袋拿出手機：是他！

「鈴？」聲音中漂浮著自然的溫柔。

「嗯。」

「一起吃晚飯？」

「嗯。」

「大陸麵店好嗎？六點去找妳。」

「嗯。」

收起手機，發現呂少軒又盯著我。一抹疑惑在臉上，他低聲自語被我聽到：「……奇怪。」

「好了，差不多了，還有什麼要問的？」

他竟沒回應，還在那裡低語喃喃些什麼。

我提高聲調：「我有什麼好奇怪的？」

「沒、沒什麼……」

我用食指輕戳他額角：「學姊的原則就是，什麼事都不准對學姊隱瞞！否則以後斷絕直屬關係。」

「蛤？」他猶豫了幾秒，「聽說，學姊應該沒有男友……」

完全沒想到他會這樣說，我怔住：「沒男……那、那怎樣？」

「可是剛剛妳接手機，明明就有的樣子？」

「手機、我有、剛剛、手機樣子……什麼樣子？說！」我竟結巴，心不自覺慌了起來。

「灑花轉圈圈的樣子。」

我錯愕，剛剛只不過應了一個「嗯」字而已……但隨即恢復鎮定：「胡說什麼！專心讀書！學姊先走了。」

第三話

「要約會呀？」詩雅忽然抬眼對在梳頭的我問。

「哪有。頭髮亂了而已。」我憋著，嘴硬不承認。

「說真的，他對妳好不好？」我不置可否。她當作我已經承認了，又問：「他對每個人都很好，對不對？」

我繼續梳著長髮，心跳快了一拍。

「妳知道嗎，他們班好幾個女生喜歡他。」

「那又怎樣？」我的手好似被靜電刺到，小小顫抖。

「怎樣？」她面露錯愕，將視線轉回自己的手指和指甲油刷，「我以為妳喜歡他。原來是我誤會了。」

「……」我不知如何回應。曉雨和我交換了眼色，幫我試探：「妳怎麼知道文曲的人緣很好？」

「我有說那個他是文曲嗎？」詩雅狡黠地笑了，「而且我是說他的女生緣很好，不是在講人緣。」

「那、那、那妳怎麼知道嘛？」即使結巴也要問。可愛的曉雨。

「嘿嘿，竹鈴雖然有時固執到令人討厭，但畢竟是自己的室友，怎能不關心一下她的幸福呢，所以我就幫她打聽了一下嘛。結果發現他除了人緣好，女生緣也好得不得了。據網路鄉民回報，他們班上和系上暗戀他的至少就有三個，潛在的競爭對手更是未知黑數了。」

確定是關心我的幸福，不是關心我的八卦？

「所以，當他出現在舞台上幫竹鈴彈吉他，哼哼，不知道多少雙酸溜溜的眼刀對準竹鈴哩。阿鈴啊，小心囉！」

「難怪主竹不想讓戀情曝光了。」曉雨的烏瞳睜好大。

「他真心對人好，當然得人緣了，而且人緣又不分男女，不用大驚小怪。」我聳聳肩，一派輕鬆。

「妳不擔心？果然有自信。以我的經驗，第一印象當然是選帥哥或正妹啦，不過聯誼活動結束後，最有印象、最想繼續聯絡的反而都是真心待人的，這倒是不分男女。」

「想不到妳也有認同我的時候。」我把小髮帶繫在馬尾上。

「最後會開花的，則是最常出現在身邊、看得到的。」她邊說邊把刷毛掃過小指，完全沒有劃出甲邊，超精準。

「還好，主竹也算常在他身邊吧。」曉雨純真地說。

「有比他班上的女同學多嗎？」

「妳不要唱衰人家嘛。」曉雨嘟嘴蹙眉。

「別擔心，詩雅開玩笑的啦。」我給曉雨一個自信的表情。

我家的曲才不是那種見異思遷的人哩。感情，只要有信任，就能走得長遠。

「嗯！」她用力點頭，回我一個卡哇伊的笑。

乍然不知為何，自己老往書桌角上的手錶望去。他說六點要來，現在才五點二十分。瞄著秒針從容地繞著，心中熱水狂鬧地燒著。怎麼覺得這錶的秒針快要故障了，不然怎麼像垂死的魚愈抽搐愈慢……

「超、超勁爆的——呼！呼！第一手消息！」芫媛漲紅著臉衝進寢室，激動又興奮，上氣不接下氣：「張淑卿被甩了！」

「蛤？」我們三個齊聲驚嘆。

「呼！她……她哭得要死咧……呼！」芫媛人胖，大喘氣時鬆動的兩腮狂顫，看來她是狂奔回來爆料的。

張淑卿大一時就是班代，負責任、能力強、口條佳，超得人心的，公關能力不輸詩雅，舉社福之大旗，得萬民之擁戴，早已是系上的風雲人物，所以大二時全班一致鼓掌通過她的連任案。她有一個觀光系的男友，聽說家裡開一家頗具規模的旅行社，幾次班上的戶外活動，還曾見他們出雙入對。

「我記得她男友好像姓李吧，人高高帥帥的，」

「是呀，好像是攝影社社長、華岡康輔社的活動長，在社團界很活躍。」

「上學期班上辦烤肉活動，他還來擔任攝影，為大家拍的照片都好美唷。」

「很速配的一對呀，怎麼會分了？」我們三個七嘴八舌，都覺得惋惜。

「呃——」芫媛一口灌完一罐可樂，還打了一個大嗝，終於止住喘氣。「還不是近水樓台！那男的雖然不時約張淑卿，但是外務活動太多，而且兩人畢竟不同系，她沒辦法每天掌握行蹤。最要命的是，那男的不是很愛拍照嗎？拍著拍著，就和被拍的女生對上眼了。」

「是劈腿？最討厭用情不專的男生！」我反感地蹙起眉頭。

「只是劈腿還好，至少以張淑卿的強勢個性，還可以和那個小三一拚，把他跨出去的腿拉回來！悲哀的是，男的主動提分手，連競爭的機會都沒有！」

「嘩，好狠。」曉雨吐舌撫胸，慶幸自己沒遇到這種男生。

「那淑卿豈不是很難過？」我比較關心被害人。

「哭到兩眼紅腫，氣若游絲，好慘。」

「所以我說的沒錯，最後會開花的，是最常出現在身邊、看得到的。」詩雅下了個註解，對我挑挑眉。

「有沒有人在她身邊安慰她啊？」我刻意避開詩雅的眼神問芫媛。

「哦，那我不知道，她在校外租屋，和我們住宿舍的不同掛。」

我不自覺把桌上的錶戴上腕。咦，秒針是睡死了嗎？用力一搖，發現還在正常地走，五點三十分。是自己鬼遮眼。

在二樓閱覽室門口，尋找角落裡那個熟悉的身影。他不在。我瞄一眼腕上的錶，五點四十分，這時候他應該在這兒的呀……憑著對他的了解，沿著他習慣的路線步出圖書館，往大倫館的方向走，揣想著可能是回宿舍拿些東西吧。

途經大義球場，鞋與地面的摩擦聲、球與籃板的撞擊聲讓我不經意往場中瞥去。幾個穿著背心淌著汗的男生擠來擠去在搶球。上學期，電機系辦電火球盃友誼賽，邀了十個學系參賽。法律系原本興趣缺缺，因為已經連續吊車尾十屆了；加上電機系的隊員個個人高馬大，那個冠軍獎盃根本就是他們自己的囊中物。學長們認為法律系參賽根本就只剩陪襯、烘托與丑角的功能，還這樣對學弟們說：「那根本是讓自己被電成大火球的比賽嘛，報啥小名？嘜璀細啦！」

但是接到戰帖的康樂股長小猴侯志堅是文曲的好友，在大陸麵店碰巧遇到與我一起吃午餐的文曲，一臉愁惱向文曲訴苦：「康樂真是苦差事，活動不辦被人唸，辦了被人嫌，沒人願意參加，唉！」

「志堅，別怕。」他拍拍小猴的肩說，「雖然我不太會打，但我可以幫你一起說服有實力的同學一起參加。」

小猴的愁容像被吹過暖暖的春風，立即化作笑花的繁榮。

文曲就是有這種不可思議，讓人把戒心、傷心和煩心全都融化的神奇能力。

幾天後，被他說服的學長和同學差一人就可達規定人數。實在已無法再找到有意願的人，小猴又來找文曲：「乾脆你也下來嘛，這樣人數就剛剛好了。」

「這樣啊……好吧，為了挺你囉。」

曲私下跟我說，其實他也會打，只是不喜歡這種球類，而且也打得不好。幾次的練習，我都偷偷到場邊觀察：法律隊的實力果然平平，速度不夠快，命中率也還好而已。不過事後回想，可能當時我的目光都只注意著曲而已吧，他端球躍身上籃的姿勢好好看，像條鯉魚般輕盈又有勁，尤其是假動作後倏然倒退兩步、再扭腰迴身跳躍的樣子，雖然只展露過一次，每次想起都還是想尖叫……呃哼！言歸正傳。怎麼頸子熱了起來，搧搧。

兩周後，正式上場。這次場邊擠滿了圍觀的人，喜歡尖叫的女生超多，讓整場比賽熱鬧異常。

電機隊一出場，果然引來轟天震耳的叫聲與掌聲。他們的殺氣與帥氣，帶來超高人氣。法律隊出場時，只吹過一陣冷風、飄下兩片落葉。

各隊隊長抽籤決定兩兩廝殺的對手與順序。

法律隊第一場被化工隊抽到，留在大義球場。其他隊伍移師大倫球場。

化工系的實力也很普通，但是他們的速度明顯比較快，上半場得分已經超前十分之多。當時我抱定今天是來看曲的上籃而已，認為他們不要輸得太難看就好。中場休息研究戰略時，還偷聽到他們隊長鷹哥黃海英小聲說：「少輸就是贏，大家盡力就好。」下半場開始，化工隊幾輪快攻，竟把比數差距拉大到十六分。這時法律隊叫暫停，他們圍在一起討論些什麼，我看到曲低聲與黃海英講些什麼，甚至起了小小爭執。回到場上，局勢就突然有了變化。

原本在後控球的曲，變成籃下防守的中鋒，身高最高的鷹哥反而成了後控。比賽重新開始，化工隊的幾次進攻，球竟都被曲抄走，傳給鷹哥帶過中場，遞給小猴，讓小猴上籃得分！比數因而追回到只差十分。

化工隊開始緊張，他們派專人盯緊小猴，死夾活擠，就是不讓他上籃。這時曲高舉的左手比出「2」，小猴點點頭，接到球後晃兩下，再傳出來，丟給場邊守候的大四學長，讓學長跳投——

得分！場邊原本死氣沉沉的觀眾，全身的血液一下子熱了起來，開始鼓譟。

連續三次用二號策略，比數已追到剩四分之差距。

化工隊改盯學長，讓法律隊的攻勢受挫，比數又拉開。雙方互有往來，始終維持只差八分之距。這時曲和鷹哥交換眼神，由鷹哥比出「5」。竟改由小猴進攻，讓對方猝不及防；再加上曲幾次抄球造成對方出拐子撞他而犯規，又讓法律隊罰球進帳。

比數竟拉近到只剩二分啦！

最令人捏著心的是，離終場時間只剩……一分鐘！

化工隊叫暫停，換上身高快一百九的隊員上場。法律隊卻換上一個矮子。

這是什麼策略？我真的看不懂。

哨音響起。對方發動三波快攻，全部被曲抄走飛傳給鷹哥。鷹哥兩次投籃都不中，最後一次先傳給矮子，矮子雖矮，身形靈活，擠進禁區，完全不受對方巨人隊員的控制。他回傳給接應的文曲，敵人以為曲會直接投了，全部欺身圍住他，想不到曲卻把球往背後轉——竟是由身後的鷹哥在趁敵人被文曲擋住之際，跳投——進！進了！而且裁判還吹對方把文曲撞倒在地：犯規！

包括我，場邊的觀眾全都激動地站了起來！

時間只剩五秒，比數不但追成平手，還有罰球機會！

由文曲主罰，這時全場只剩化工系的啦啦隊對著文曲猛喊：「不進！不進！不進……」企圖干擾他。

胸口的心快停了！耳邊呼嘯而過的山風聲，彷彿告訴我：他一定會進。

這時我忽然發現：這場比賽，文曲竟然沒有投進一個球，他全部把機會做給隊友！所以，這是他唯一一次投籃的機會。

他把球往地上拍了兩拍，抓在掌上，屏住氣。

驀然，他的眼神往場邊的我望來——

那眼底，似在問：我投得進去嗎……

我握緊了拳，抿緊了唇，回給他的眼神：你一定可以！

下一秒，球在空中劃出一道漂亮的弧線，往上再往下，刷——碰！

場邊爆出驚叫聲，球……擦板進了！

搶到球的化工隊再回頭，已無力回天，哨音一響：法律隊竟然贏了一分！這意外勝利讓全部隊員緊擁在一起跳著，還把隊長黃海英抛起來！

「我覺得大家應該把你拋起來才對。」事後我跟他聊起這件事。

「我才得一分，有什麼資格？」他微笑聳肩。

我就是喜歡這樣的他。一個會讓別人幸福，自己再感染別人幸福感覺的天使。

這神奇的一分，讓法律隊士氣大振。第二場與資工系、第三場與國貿系對打，文曲都在場邊觀戰沒有下場，但是都參與戰略應用的討論，結果竟然都獲得勝利。消息傳開，整個法律系為之轟動，原本只有冷風和落葉的啦啦隊，變成吸引了系上快一百人到場觀戰加油。

因為晉級的結果，要和地主隊電機系爭冠軍。

開賽前，得知電機隊狂電經濟系和英文系。尤其是和英文系那場，還大勝四十分之多，簡直是當豬肉在電宰。黃海英因而對隊友感性又悲壯地說：「今天能打到這裡，我已經很高興了，很榮幸能與各位共事，我們能進入決賽，已經為法律系在這個球場留下光榮的紀錄。待會兒與他們遭遇，請各自保重了……」

啊現在是怎樣，要在重裝武力的重重包圍下，衝出去引爆最後一顆手榴彈壯烈成仁了嗎？還是異形在身後出現、打算用最後一顆子彈抵住自己的太陽穴？

等到上半場打完，我才知道鷹哥那席話不是在模仿，而是發自內心最深層的恐懼。因為電機隊真的很可怕：籃下是火鍋大隊罩頂、筋叢臂林壓境，運球到籃下完全暗無天日！

法律隊的前鋒矮子下場休息時，他臉色慘綠大口吸氣說：「連呼吸都沒有空氣了，哪有起跳的空間？」

改採長射進攻，則被築起的人肉長城遮去視野，鷹哥幾次矇眼亂丟一通，球還直接丟到敵人的手上，引來噓聲連連。

中場休息，電機隊高達五十分。他們的隊長經過身邊時被我聽到囂張地說：「哼，好弱的雞，早上是誰說他們有神相助？亂傳！」

法律隊……只得二十分。小猴回休息區時唉聲嘆氣：「唉，好強的虎，早知道就聽學長們的勸告，不要報名了。」場邊已經有法律系同學失望地走開。

下半場哨音響起，文曲終於上場。

一開始的幾分鐘，文曲控球，想切進籃下，都被一個又黑又高長得像摳鼻不賴的傢伙抄走，因而又丟了四分。我看鷹哥和大四學長的臉臭到發黑，一副想衝上去殺了文曲的模樣；小猴則是低頭垂臂，喪氣到想自殺。

文曲盯著眼前晃來晃去的摳鼻不賴，卻是堅定的表情。

這種堅定，不是把輸贏看得很淡，也不是早已知道結果，而是歷經成長後發自內心的信仰，才有可能出現……

是什麼樣的成長……

要經歷什麼樣的事才能這樣淡然……

當時的悸動，至今我仍深深記得，只是當下不知為何感動，甚至覺得奇怪。

倏忽，他對著摳鼻不賴微微一笑，那顆小虎牙在陽光下閃了一秒……

舉起了手比「3」，然後開始閃身運球、切入禁區……

摳鼻不賴的大黑掌又伸過來，但這次，球在文曲的手底翻旋，閃過大黑掌，射向身後不知從哪竄出的學長，學長在場邊竟無人攔阻，輕鬆上籃——

進！場邊一陣驚嘆聲。

「好耶！加油！」我忍不住站起來尖叫，許多詫異目光立即投來，我趕緊坐下躲回人群，內心仍然激動不已。就算無法翻盤也已沒關係，因為我知道這兩分的功勞應該算曲的。

但是神蹟並不止於這兩分，接下來場上的變化，讓人只有「熱血沸騰」四個字可以形容。我只記得在敵人尚未搞清楚他們的策略隊形前，文曲不斷舉手向隊友比出不同數字，法律隊的球就不斷刷過籃網、觀眾就不斷尖叫鼓掌，而我自己則不斷起立、坐下，難掩振奮。兩隊的分數差距隨時間的增加竟逐漸縮小。

相對之下，電機隊不知是被局勢重大變化攪亂軍心，還是對法律隊的不斷變換隊形束手無策，心慌意亂的情形下，失誤與犯規連連，讓法律隊除了追分外，還撿了好幾次罰球送分的機會。

終場前三分鐘，兩隊分數差距只剩四分了！這不是神蹟是什麼？

電機隊的危機意識愈來愈強，改採全場緊迫盯人的戰術，連文曲要把手舉起來都用兩座人肉城牆阻擋，盡全力干擾。一陣緊張之際，球竟從人肉城牆的腿縫間傳出，讓接應的小猴抓到，馬上跳投……進！而且是三分球！全場嘩然，氣氛在僅差的一分裡緊繃臨界。

電機隊的壓力已經大到每個人臉上都是殺氣，啦啦隊也完全無聲無息。接著抓到球的摳鼻不賴發動一輪搶攻，也以三分球還以顏色。籃下的黃海英長傳給小猴，小猴馬上被三個壯漢團團圍住，還驚恐哀叫：「唉呀！哇哩咧……」

但球又在巨人腿林縫間被扔出，由後方的文曲接到，他一個轉身，身後無人接應，兩個快步，打算自己切入，卻被狼虎般三個猛漢欺身撲上……

假動作後倏然倒退兩步、扭腰、迴身、端球、躍身，像條鯉魚般輕盈又有勁地閃出包圍，在眾人目光齊聚而成的光束照耀下，空氣、心跳、時間彷彿在那一秒內全部凝結——

我的心在剎那間停止……這結合力量與流線、勇氣與堅持的騰空姿勢……

只要想到這不輕易出現的必殺躍身，心臟裡不知名的靈魂就會失去方向，慌張狂撞。到現在還是。

進了！進了！球在籃板前急速旋轉後，連框都沒碰到就落網！而且三分球！最令人狂喜的是，摳鼻不賴心急之餘，猛力拉了文曲一把，還被裁判吹哨！

離終場只剩三秒了！比數再次拉近到只有一分差距，而且文曲還有一次罰球機會。「進」與「不進」的吶喊聲互相叫陣，愈來愈大，這時我才發現整個大義球場周圍黑壓壓一片，連大義館的陽台、球場旁的樹上都擠滿了人。

雙掌不禁合十，我祈禱上帝賜予曲進球的好運。

他把球往地上拍了兩拍，抓在掌上，屏住氣。

驀然，他的眼神往場邊的我望來——

那眼底，似乎不是在問「我投得進去嗎」，而是在問「我該投進去嗎」……

奇怪，怎麼會接收到這樣的訊息？這時候了，當然該進呀。難道是我的天線故障了嗎，我不自覺喬了一下頭後馬尾……

我握緊了拳，抿緊了唇，回給他的眼神：你一定可以！

下一秒，球在空中劃出一道漂亮的弧線，往上再往下，刷——碰！

場邊爆出驚叫聲，球……沒進！

怎麼會——我懷疑自己的眼睛有問題，但是哨音響起，比賽結束，讓所有期待法律隊創造奇蹟的美夢瞬間甦醒。一分之差，冠軍獎盃仍然留在電機系。

「好可惜，有機會奪冠軍的說，就差這一分。」大四學長難掩失望道。

「我以為會進的耶。」小猴也難以置信道。

「都是阿曲啦，最重要的一分竟然沒進！」黃海英居然怪起文曲。這傢伙，剛剛是誰發表壯烈宣言的呀。文曲搔搔後腦，一臉歉意：「對不起，我太緊張了。全場只進一球，真抱歉。」

什麼嘛！如果不是曲的話，你們連報名的膽子都沒有好不好……

為什麼會沒進呢，他根本不緊張的呀……事後我怕曲太過自責，心頭的疑雲一直擱著，只有鼓勵他：「已經打出有史以來最好成績了耶，都是你的功勞。」

他輕輕一笑：「只進一球，哪有什麼功勞。」

和他交往幾個月以來，已經知道他不喜歡居功的個性；我改問：「為什麼你會一直向隊友比不同的數字？」

「在對的時間，出現在對的位置，就會有好的結果。」

途經大義球場，當天比賽的意外畫面都還歷歷鮮明。相同的地點，相同的位置上，卻好像讓我看到另一個意外畫面。

球場邊的樹下，那個已經進駐心底的身影被眼角餘光掃到。

正想出聲叫他，另一個身影卻讓我乍然止住。

那個長髮披肩的女生是誰……為什麼她和他靠那麼近……

第四話

我放慢腳步，緩緩靠近。那個長髮女生忽然離開他的身邊，揮揮手，轉身往大仁館方向走了。不知是否因為看到我才……

他低頭瞄腕上的錶，正準備起步，就發覺我。「咦，妳怎麼來了，我不是說要去找妳？」表情泰然自若，笑容還是陽光。

「一樣嘛。」我聳聳肩，忘了為什麼沒等待就先來找他。「她是誰啊？」

「她？」順著我的目光，他望向她的背影，「我們班的卓珊珊，她失戀了。」

「找你訴苦？」這個名字有莫名的侵略感。

「嗯。男友劈腿，她哭得很傷心。」

「為什麼找你？」

「嗯？」好像對這個問題很意外，也沒想過一般，他疑惑地望著我。

「我的意思是，她應該有一些好姊妹可以聊心事，怎麼會是找你……」

「呃，也許，」他歪著頭想了一下：「我比較像心理諮商人員吧。」

「不准搶飯吃！不然你乾脆轉來我們社福系好了。」

「飯一起去吃就好了，幹嘛搶咧。」他吐吐舌尖，引得我笑了，忍不住依偎，挽起他的臂。他驚奇地望我，讓我想起什麼，趕緊放開。為什麼自己不能如一般情侶坦然與他手牽手——全是因為人言可畏！

開始交往時，他都未主動牽我的手。第一次在校園走在一起的那一天，期待了半天，宿舍都快關門了，我們都快到宿舍了，並肩走著，他還在述說些什麼，已聽不進耳，想著的是：怎麼還不牽手啊……怎麼都沒牽手啊……

大慈館已出現在眼前，我終於忍不住若無其事輕碰他的手心。他沒發現，還在述說著月亮旁邊會有一顆星星什麼的。我第二次再輕碰手心。哎唷，還是沒反應哪……我有些失望地低下頭……

「怎麼了？」他止住話、止住步，發現了異樣，望著我。我搖搖頭，微笑回望他，感覺臉頰微熱。他怔住，思揣了一下，又若無其事往前走：「所以，那個人就化為星星……」我還是沒專心，邊走邊盯著自己腳上的球鞋帶，它在路燈光影下晃啊晃的，兩人的手臂也隨步伐晃啊晃的；晃著晃著，手背就忽然暖了起來。

他的手……握住我的手背。我將手心自然旋轉，就和他的手心貼在一起，頓時，大象長長的鼻子正昂揚、全世界都舉起了希望的樂章在耳畔響起，頰上和心底各萌開了一朵好甜好香的花朵。

手心和手心貼在一起，是不是一種承認的印記呀……

心情變得很輕鬆，步伐也變得很輕快，一切也許只有半分鐘，卻好像自己的後半生已經快過完，可以直接飄到天堂享受幸福的永恆了，以至於頭頂上有一朵雷雨雹悄然飄至竟毫無察覺。

「誒，那不是竹鈴嗎？」遠方路燈下，兩個人影走過來，其中一人這麼出聲。

嚇！是長舌婦與八卦婆！我不自覺把手抽回。他察覺我的異樣，完全沒問為什麼，很體貼地把並肩的距離拉開一些。凌學琪與陳綺安接近我的時候，甚至他還退到我左後方幾步之遙，在她們纏著我問東問西要筆記時，他趁隙從她們身後輕輕向我揮手道晚安，悄然離開。我和他因此躲過八卦傳說的轟炸，雷雨雹沒閃電就飛走。

「你知道我——」回到寢室我見室友還沒回來，馬上撥手機給他，想要解釋；但他立即回應：「我知道妳。妳擔心我們被傳言所傷。」

懸著的心立刻被軟綿綿的雲朵接走。

他就是這樣善解人意，這樣懂我，不須太多言語的。

「如果有一天，我們可以公開牽手了，妳一定要馬上告訴我。」

我們齊步往校門走去。

「珊珊是個很率性的女生，講話很直，在班上的外號叫山羊。她男友是電機系的帥哥，所以很多女生喜歡。」

電機系帥哥？我想到一個高大黝黑、覺得自己摳鼻孔的樣子也不賴的傢伙。

「很多女生喜歡？那就可以用情不專嗎？我最討厭自大的帥哥。」

「我知道妳討厭這樣的人。」他點點頭。因為大一時，從一個高大但自大的帥哥的魔爪中，把我拯救出來的，就是曲。

「劈腿的人都沒有考慮到被劈女友的感受嗎？不能先結束前一段感情再重新開始嗎？」雖然我對那隻山羊保持一份警覺心，但仍對她的遭遇感到不平。「喜歡就是喜歡，在一起兩個人會很快樂，喜歡一個人就是這麼簡單呀。如果沒了這種感覺，那就早一點跟人家分了，再去尋找嘛，為什麼要劈腿呢。」

「也許，對某些人而言，感情不是說走就能走的。」他若有所思道。

「那她為什麼要找你訴苦啊？」我想起還不認識文曲時，也曾見到他班上一個叫韋蘋的女生因為失戀，找他訴苦的情形。

「不知道耶，也許我長得像圾垃桶吧。」

「呵呵，哪裡有賣這麼好的圾垃桶啊。」

步入大陸麵店，流浪狗小黑已經在桌邊等我們了。

「妳會介意嗎？」他盯著夾起的乾麵，忽然問。

「唔？」我嚼著魯肉，心頻略略震動，「介意什麼？」

「我當別人的圾垃桶……？」

「不會呀。」我回答得很快。

「因為妳喜歡俠士？」他笑了，眼眉兩道虹。

「你不也喜歡俠女？」我笑了，讓自己從容。

他把一塊魯肉遞給小黑，小黑的尾巴搖得超快。

「你說她哭得很傷心？」我注意到他肩頭有一小片溼。「聽說我們班代張淑卿也被劈了，也是很傷心。」

「也許……」他沉思了片刻，「心中有人，而那人不在的感覺，就是這樣……」

當時的我沒有體會到他在說什麼，只是不自覺又望一眼了那片溼。

推開門，小小的寢室擠了好多人。除了曉雨、詩雅、芫媛，隔壁寢室的學琪、綺安外，還多了一個張淑卿。她們圍著詩雅的書桌在討論著什麼，根本沒人發現我已經進來。

「所以說，愈溫柔、愈有才華的男生就愈花心，大家一定要小心。」張淑卿說話帶著鼻音，語氣裡還有氣憤。看來剛剛她還哭過。

「是因為覺得自己條件太好，所以就認為有花心的條件吧。」凌學琪附和。

「應該說，這樣的男生比較吸引女生，所以選擇當然比較多啦。」詩雅以聯誼女王身分發表經驗之談。「只能說，我們一定要睜大眼睛，多看、多聽，搞清楚對方是怎樣的男生，才不會被狠劈狠甩，否則受傷的還是自己。」

「要怎樣多看、多聽咧？」芫媛邊嚼著魷魚絲邊問，「看到帥的都是別人的，聽到的都是誰比誰甜蜜，我連失戀的機會都沒有。」

「吃妳的魷魚絲吧，今天的主角不是妳。」

「可是條件好的女生，不是也經常覺得自己該有比較多的選擇？」曉雨疑惑地問。

「那是當然。因為女生本來就該被男生疼愛、疼惜的。」

「那男生呢？」

「男生天生就常讓女生頭痛、心痛。」詩雅毫無猶豫回道。

「這樣啊……」曉雨蹙眉，好像已經開始頭痛。「也不一定吧。」

「不用懷疑，就是這樣！詩雅說的一點也沒錯。」張淑卿嚴厲地指著曉雨說。

「可是溫柔又有才華的男生，應該也有不會變心的吧……」曉雨小小聲又問。

「別傻了！看我的經驗就知道有沒有這種可能。不然妳們認為照片上這男的在幹嘛？」張淑卿立即完全否定，手指詩雅電腦上的一張照片。

「看來抱得很緊哩。所以說男生就一個『賤』字可以形容囉？」從來不知道陳綺安也這麼毒舌。

「那隻手之前不是還抱著女友，現在改抱別人啦。」

「他真的是在抱嗎？也許只是拍拍她而已吧？」曉雨的聲音愈來愈小。

「人賤手就賤，如果不是抱那就是摸了？如果是妳的子謙這樣，妳不覺得該把他的手剁下來嗎？」張淑卿語氣裡滿是恨意。

「……有這麼嚴重嗎？」

「喂，曉雨，妳不能因為現在自己很幸福，就不顧淑卿的感受吧，現在是我們的好友遭到這種背叛，我們應該同仇敵愾、同聲譴責不是嗎？」詩雅義正詞嚴。

「對呀，虧她還是妳的好姊妹！」贊瞎大隊長凌學琪也一副義憤填膺的樣子。

「要想想如果改天被劈的人是妳，妳不會心痛嗎？」陳綺安也指責。

「反正就算是正常交往，也要隨時注意，男生就像貓，聞到外面有魚味，一下子就跳過牆走了！要是妳沒防備，受傷的就是妳。這是過來人的心聲，妳一定要聽進去，不要太相信妳的子謙。」淑卿的語氣裡怨念甚深。

「……喔。」不知為何，原本一致對外的槍口竟轉向曉雨，害她眼眶紅了起來。

曉雨只要一被欺負，我俠女細胞就會自動活化：「妳們怎麼可以這樣說曉雨？」

六人十二隻眼睛，全部轉向在背後突然出聲的我，滿是驚訝。

「她和子謙感情很好，妳們應該祝福她才對呀，怎麼可以因為自己不幸福就詛咒別人？我知道淑卿現在很傷心，但是失戀不是天塌下來，被劈也不是世界末日，就算一時受傷，也不必對感情永遠悲觀嘛。」

曉雨眼中綻出亮光，點點頭，對我握緊了拳頭。

「失戀的味道也許像不小心喝了杯泡很久的濃茶、或吃了一顆純黑巧克力，很苦澀，但是如果能從這樣的經驗學到什麼、發現什麼，就能化為成長的力量，這樣想不是很正面嗎？」我握住淑卿的手：「也許那個觀光男對不起妳，但是與其恨他、詛咒他，讓自己更心痛，何不轉個念頭，讓自己早日解脫？」

「我是很想解脫，是妳的室友們拉著我來的。」她起身就想走，身邊的人全部發出驚叫，強拉她坐下。

詩雅怒瞪我說：「妳會不會勸呀？」

曉雨附我耳邊說：「主竹，她剛才買了一包安眠藥被詩雅搶走的。」

嚇！已經嚴重到想不開的程度了……

「我、我的意思是，妳要轉換心情，才能放下這段感情。比如說，祝福他？」

她頷首：「我祝福他開車爆胎滾下山，全身長青苔，來生投胎長很矮。」

「不要這麼負面，這樣妳的怨念不會消散。想正面一點的。」我努力鼓勵她。

「那我祝他生日孤單沒人睬，一生沒小孩，晚年帶賽作乞丐。」

「妳不想祝福他，至少可以為他祈禱吧？妳要知道，原諒別人就是治癒傷痛最好的良藥。」

「竹鈴，妳說的對。」她閉上雙眼，也緊握我的手，「上帝啊，請聽我的祈禱。請您讓全天下的賤男都得到救贖，讓他們臉歪人呆沒人愛，雞雞長得像花菜，愛愛只痛不會快，這樣我就能放下心中的恨，原諒他的壞。」

呃……上帝會應許她這種祈求嗎？我們面面相覷。

「包括背叛竹鈴的那個賤男喔。阿們。」

「為、為什麼包包包括、包括我的什麼男的……」一支冰箭插入腦門，我不知如何反應。

她們讓開，詩雅把電腦畫面轉向我。

那、那是——

那是一個女的靠在一個男的肩頭的照片。

那個女的我認識，很久以前有一次，我到法律系旁聽，她曾主動找我說話。那個男生的身影，我一輩子都不可能忘記。

這照片的場景，幾天前在大義球場曾驚鴻一瞥。

「這照片是……哪來的？」

是那個ㄚㄚ的部落格上更新的照片！

是不是有人用索爾的雷電鎚偷敲我的後腦？不然怎麼這麼暈……

原來，她們剛剛不只是在討論張淑卿的戀情，重點是在說我和文曲的八卦！

曉雨的表情無辜又擔心，看著我。其他人則一臉等著看好戲的樣子。

「妳、妳們幹嘛這樣望著我？」江竹鈴，要撐下去呀……

「咦，妳不意外嗎？」陳綺安首先發難。

「這個男的不是妳的……男友嗎？」學琪追加一槍，「那天晚上在往大慈館的路上，我們有看到他和妳走在一起的，不是嗎？」

「妳們希望我有什麼意外？走在一起又怎樣？」努力控制臉部，一定要撐住。

「就是啊，妳們就硬要說他是男友，還說主竹被劈了，我早就跟妳們說他只是好友妳們都不信。」好個曉雨，在風雨中只有妳站在我身邊。

「難道猜錯了？」芫媛指著電腦還不死心，「可是這裡明明這樣寫的呀！」

我靠近仔細看，照片下方還po了一段文字：社福系班花的下場，也只有被甩而已。大家同聲譴責法律系的劈腿男！

才上傳五分鐘，下面馬上吸引一堆以正義之士自居的鄉民回應：

——已經人肉搜索到了，這傢伙姓文，聽說很有才華，而且對女生超溫柔，所以很多女生喜歡。社福班花是姓江嗎？

——譴責無良男子！我一個好姊妹就是因為這男的才自殺的。

——死了唷？真是負心漢。

——還沒死，但是被傷得太重，對感情已經絕望。

——醬怎行？一定要踹共！向社會道歉，否則公布姓名住址！

但也有持反對意見的人留言：

——樓上的，不要造謠，認識人家才說，不要把張飛當岳飛。

——那個男生只是借肩膀讓女生哭而已，幹嘛扯到劈腿什麼的。

然後樓上批樓下鄉愿，樓下嗆樓上亂源，樓上再抨擊樓下是俗辣，樓上又謾罵樓上是小強。雙方人馬吵成一團。

我所擔心的噩夢終於成真了。可怕的傳說風暴終於掃到我和文曲了。

忍住，忍住，我一定可以的。緊握的拳裡，指甲已經陷入掌心中。

「是誰這麼無聊，說人是非。我覺得這男生不錯啊，這個女的失戀了，肩頭借她哭一下而已，就是劈腿嗎？看到他們牽手或接吻了，再來批評也不遲吧。」

她們怔怔望著我，不可置信的氛圍讓空氣裡只有沉默，不知這樣要僵持到何時。直到芫媛放了一個響屁，才把大家驚醒。

「竹鈴，妳能這麼想，我們就放心了，看來我們的擔心沒有必要的。」

「我本來就會這麼想，人生才能光明，本來妳們的擔心就是多餘的。」

室友們安靜地坐回自己的位置。凌學琪、陳綺安和張淑卿則默默走出寢室，臨走時我還對張淑卿說：「男友再找就有，看開一點啊。」

「妳比我想像中堅強光明。」她佩服地對我點點頭。

氛圍回復到祥和平靜，我鬆了一口氣。殊不知自己的頭頂上已騰騰颳來一大朵又黑又重的雷雨雹……

第五話

「你看到了嗎？」我抱著手機躲到廁所，壓低了聲音。
「嗯，看到了。拍得不錯呀。」手機裡傳來滑鼠按鍵聲與他的笑聲。
「你還笑得出來呦？居然這樣說。人家都快煩死了。」想到剛才在寢室的事，心情焦躁得要命。
「有什麼好煩的，不然我們就公開好了？」
「不要啦，現在就已經被傳成這樣了，公開了不就變成人肉箭靶？才不喜歡變成焦點被別人講來講去，那樣壓力好大。」他和我一樣低調的個性，卻說要公開？我的聲音變甜，心更甜。
但是，他說的是玩笑話嗎？⋯⋯
「這樣啊，那我以後小心一點，不要被拍到，也許就——誒？」
「怎、怎樣了？」
「沒、沒什麼。」
「嗯？說！你發現什麼了？」
「喔，我看到幾張妳的照片，拍得還不錯。」

「我的照片？誰拍的？在哪？為什麼會有我的照片？」

「上次我們系上參加電機盃籃球賽，得了第二名的事，妳還記得嗎？」

「我記得啊，差一點冠軍。本來侯志堅還很沒信心的。」

「是啊，結果現在，大家下了課都會結伴去練球，發誓明年一定要奪回獎盃哩。」

「你也會去練嗎？」

「小猴有邀我，但我覺得自己打得不好，拒絕了。」

「你明明打得很好，」腦海裡浮現他必殺躍身的身影，「而且我認為你最後一球是故意投不進的。」

「呵呵，怎麼可能！」

「曲，我也許不像你了解我那麼了解你，但是該了解你的時候，我還是會像你了解我那般了解你。」

「真的嗎？既然妳明白了，那就好。」

「唔？明白什麼？」

這時有人敲廁所門，還大叫：「快點啦！快拉出來了啦！」以致他講了什麼，我沒聽見。我趕緊摀住手機：「好了好了。」

「喂，妳該不會在……」

「有人在叫我了，再說吧。」我匆匆掛斷，開門低頭溜出去。一抬眼，竟是芫媛，她一臉曖昧表情：「妳在跟誰講話？」

「有嗎？別嚇我！」我裝傻回頭，當她卡到陰。

咦，我的照片被上傳跟電機盃籃球賽有什麼關係？

回到寢室，發現只剩曉雨在用手機跟人講話。

「我也不知道怎麼辦耶，」她瞄了我一眼，「啊，主竹回來了，不然，我和主竹學姊下去看她。妳們等一下。掰掰。」

「怎麼了？」

「我學妹靜恬啦。她說恩倩學妹哭個不停，幾個室友安慰她，她的情緒還是很失控。」

「秦勝華的直屬學妹李恩倩？為什麼？」那個長髮遮住半邊臉的女生。記得上次在大雅館聚餐時，她始終靜靜坐在旁邊，不發一語，感覺上很難相處。

「好像是被秦勝華傷害了吧。聽說班上幾個男生約自己的直屬學妹出來玩，結果他看到學妹不是他的菜，說了些惡毒的話，就不理人家了，還中途落跑，害學妹很受傷。」

「說了什麼惡毒的話？」

「什麼七月還沒到，幹嘛出來嚇人之類的。恩倩學妹明明長得很清秀嘛。」

「我只知道秦勝華很爛，可是不知道居然這麼爛。是說，他講話雖然惡毒，最多討人厭而已吧，李恩倩為什麼哭成這樣？」

「所以才傷腦筋，靜恬才會向我求救。」

「那妳給她什麼建議？」

「我的心理學沒妳念得好，俠女細胞也沒妳多，當然建議學妹讓主竹學姊開導一下囉。」

「蛤？我行嗎？帶她去輔導室找輔導老師比較快吧。」

曉雨已經起身拉著我往門外走。她對我的信心是從哪來的啊……

我們兩個下樓，才到119寢室，發現門口竟擠了一堆女生。她是引來多少樓友的好奇呀？曉雨和我推開她們一進去，就聽到室內還有啜泣聲。

王靜恬看到我們，彷彿見到救星來了，馬上靠過來低聲道：「問她在哭什麼，都不說，就一直哭。」

她身穿白長T恤，抱膝坐在床鋪角落，長髮披在身上、腿上，嗚嗚地啜泣聲讓整個人看來真得很像……。

我先請圍觀的人離開，也請其他室友迴避，只留下靜恬和曉雨。

「恩倩，先把眼淚擦乾，好嗎？」我坐在她身邊，遞給她一張面紙，輕聲說。

可能是聽到陌生的聲音，覺得不好意思，她的哭泣慢慢緩和，接過面紙，伸向長髮遮住的臉上。

「是因為妳學長說的話在難過嗎？」

「……」

「妳的運氣不太好，直屬學長是個花心大少，看過許多美女，換女友像翻書，這樣的人講的話，何必介意？」

「……」她搖頭。

看來不是因為秦勝華的事，我改變話題：「他是蹺課大王，混仙一個，所以，從他身上妳學不到什麼。如果妳對課業上有任何感到無助的，我可以幫妳，也可以問其他學長姊，社福系是個大家庭，妳不必擔心什麼的啊。」

「……」她搖搖頭。

「那，是妳家裡出了什麼事嗎？」

還是搖搖頭。

我望了曉雨、靜恬一眼，她們臉上寫著焦急與不解。

「身體不舒服？」

除了搖頭，還是搖頭！

「那，是父母離婚？爸爸外遇？媽媽離家？哥哥混黑社會？」大小姐，拜託妳點點頭吧，我已經自揭傷疤了啦，妳怎麼還是搖頭。我只得繼續猜：「還是遇到詐騙集團？被男朋友甩了？在捷運上遇到痴漢亂摸？」

搖頭、搖頭、搖頭、搖頭、搖頭，點頭，又搖頭。誒？點頭的是——

「被甩了？」我們三個想了半天，最後異口同聲問：「妳男友是誰呀？」

她終於露出半個臉，願意說話了：「高中同學。」

「昨天分手了？」

「升上高三那年的暑假。」

「都一年多了，還這麼傷心？」

「本來已經不傷心了……因為，因為學長，讓我又想起他。」

「看來曾經陷得很深耶。」靜恬語帶憐惜說。

「他跟勝華學長很像，高高帥帥的，很瀟灑的模樣，」她回想著什麼，「連跟我分手時講的話都很像，學長說：『時間和位置都不對。』他也是說『時間對了，位置不對』之類的話……」說著說著，淚水又滴下來開始抽泣。

只是觸景傷情就哭成這樣？也未免太敏感了吧。還有，竟是因為秦勝華那個傢伙說了幾句無情的話？真是單純的女生。只不過，那個什麼時間、位置之類的，到底是在說什麼，咦，好像誰也曾說過類似的話……

她又開始悲泣，愈哭愈大聲。靜恬抱著她陪著流淚，曉雨用盡各種話題安慰她，我則拚命苦勸她走出情傷：「我們要活出自我，不要被傷害我們的臭男生綁住了心，太不值得了」、「妳再傷心，他也不知道，真沒意義」、「說不定他現在已經另有女友了，何苦？妳也應該勇敢找尋自己另一段感情呀」的話講個不停。

但是她居然整整哭了快一個小時還不累不止！真是人體淚水製造機。

這輩子能想到的打氣、激勵的話都說盡了，我的喉嚨快要冒火，她的眼淚還是不停。我下定決心將來絕不從事失婚婦女的輔導工作，太辛苦了。

「李恩倩！振作起來做自己！不要活在對別人的期待之中！」我終於忍不住斥責道。想不到她哭得更大聲！

望著她沒出息的樣子，忽然覺得為什麼失戀了就要如此頹廢漣漣，變成一個怨婦？樣子真的很讓人討厭。為什麼不能振作起來，讓自己更好？這樣沉溺於哀怨之中，就能挽回什麼嗎？但隨即又覺得慚愧，自己是念社會工作的，所學不就是在幫助這類的人嗎？怎麼可以這樣想！只不過，這樣走不出情傷的女孩到底要怎麼輔導呀……

感情突然失去依附的感覺，是否就像自己小時候突然被父母拋棄的情形一樣呢，除了惶恐、不解，挫折，還會留下多疑、不安的後遺症。乍然，想起一個神奇的聲音。我從口袋取出手機，選按了文曲的號碼。撥通後，大抵上跟他說了李恩倩的情形後，急著問：「到底有什麼辦法勸她呀？」

「不然，妳把手機給她，我來試試看。」

「恩倩，別哭了，我一個朋友有些話跟妳說。」我輕撫她的肩頭，不管願不願意，直接把手機往她耳邊貼過去。

「……」一開始淚還是流不停，但半分鐘後，像聽到天使低吟讚美詩般，她居然整個人安靜下來；這種感受，我也曾有，因為自己也是在悲傷的時候，聽到這般的聲音與話語而獲得平靜。「……嗯……我知道……」

靜恬和曉雨驚異地望著我，同時低聲問：「是誰？」

「一個朋友。」我微笑，聲音裡藏不住驕傲。

「……嗯。請問你是——喂？喂？」她抹去淚水，情緒恢復，在想要知道是誰之際，對話的人已經掛斷，讓她面露錯愕，望著手機呆住。

我把手機從她手上取回：「他的話妳要聽進去唷。」

「學姊，他、他是誰？」

「一個朋友。」我微笑，聲音裡藏不住炫耀。「他是誰不重要，重要的是，他跟妳說了什麼。」

她若有所思，神情迷惘：「他說……在對的時間，出現在對的位置，就會有好的結果，就會幸福了。」

這是在說什麼？這樣說就行了？我們三個的頭頂上雲霧繚繞，伸手不見。當下我也無法參透文曲這些話跟恩倩的情傷有什麼關係，最重要的是，我的任務達成：李恩倩終於不哭了。而且後來聽說，從此她都不再為前男友的事哭了。

在上樓回自己寢室中途，曉雨問：「那是文曲嗎？他說的那是什麼意思？」

「呃，我也不是太明白，下次遇到他再問清楚吧。」我記起上次球賽的事，他好像也是說這類的話。

「超厲害，他的話好像有什麼神奇力量耶。」

「妳最近改看奇幻小說嗎？」我嘴上這麼說，心裡卻輕飄飄的。「就跟妳說他是真的小天使，而且是我的天使。」

「是是是，看妳幸福的咧，嘴角都揚得這麼高。」

「哪有。敢笑我？」我們倆打打鬧鬧地回寢室。

當下，我真是喜歡自己的俠女心腸。

伸手助人時的熱血，讓人神清氣爽。別人得救時的成就，讓人心情特好。

但是，幾天後開始懷疑俠女和雞婆是否是同一個人，只是前者化妝前，受人歡迎，後者是卸妝後，遭人討厭而已。

「學姊，求求妳，告訴我妳的朋友是誰好不好？」「妳的朋友在哪裡？我有很重的事要找他。」「至少告訴我他的E-mail嘛……」李恩倩開始纏著我，提出這類的要求。她那如幻似魅的身影，時不時在教室的走廊上、校園的樹下、宿舍的房門前、餐廳的座位後竄出，嚇到我好幾次。

但是我打死不透露文曲的身分。因為他是專屬於我的。

好幾次，她還賴在我們寢室到半夜。我都已用棉被把頭緊緊裹住，拒絕得這麼堅絕了，她竟還在我床前魔音低喃：「快告訴我～……快告訴我～」

她到底想幹嘛啦！真可怕的執念。

結果詩雅在台中聯誼結束後搭夜車回來，推門進來在黑暗中撞見我床前蹲著一個披頭散髮的白衣女子，嚇到大聲尖叫：「哇哩咧媽媽呀！」然後跌坐在地上。

燈亮後，她怒氣沖沖地把李恩倩訓斥了一頓，還毫不留情地罵她「醜婦」，才把她轟回去。

為什麼女生失戀了就要變成醜婦？

從此我下了課，都一定眼觀四方，躲她像躲什麼似的，超痛苦。

她找不到我的結果，開始傳簡訊：「學姊，社工不是應該幫助需要幫助的人嗎？」「忍心看一個為情所傷的孤苦小女子在黑暗的角落獨自飲泣嗎？」「妳不是全華岡最熱血的女俠嗎？」不拉不拉類此云云，煩死我。

伸手助人時的神清氣爽，讓自己變成神經倉惶。別人得救時的特好心情，變成自己的恐慌病情。

最後，我透過曉雨和靜恬轉告她，那天和她通電話的人就是我的男友，請她不要再情感胡亂轉移了，她似乎才死心，不再糾纏。

似乎。當時的我，真是好傻好天真。

第六話

幾個星期後某天晚上，我洗完澡從淋浴間回到寢室，發現室友們緊盯著電腦目不轉睛。「看什麼？」

「愈來愈多人在討論妳的文曲了。」

又是那個「ㄚㄚ」部落格，上面po了文曲的幾張照片，但故意把他眼睛部位用黑線遮住，搞得像社會新聞的嫌犯一樣。

下面居然出現許多攻擊他的文字，批評他是搶人女友的情場浪子，說他是劈腿教主，甚至有人在回應欄留言：「管不住下半身的男人都該被門加俺去掉人！」

我怒火中燒，拍桌大罵：「可惡！這個歪歪到底是哪個惡毒女，這麼缺德！文曲對人那麼好，卻被她這麼作賤糟蹋，真是可恨！」

原本以為身邊室友們都會聲援我，但完全無人回應。我望向她們，芫媛面無表情，曉雨滿臉擔憂，詩雅則瞥我一眼，用紅筆指向電腦：「也不能都怪人家歪歪，那妳家文曲是被人拍到了，換成是我，也會認為箇中內情不單純呀。」

我朝她筆尖看：文曲被拍到和一個女生走在一起，看來有說有笑。

「那他下了課和同學一起聊天離開教室，這有什麼？」

她拉了一下滑鼠，換一張是被拍到另一個女生拉著他的袖子在講些什麼。

「那是他班上的服務股長，外號叫熱帶魚，有求於人的時候總是拉人衣袖搖來搖去，這樣也有事？」

詩雅又拉滑鼠，下一張是另一個女生攙著他的手臂，兩個人笑得很開心。她用質疑的目光瞪著我，意思是：這張妳又作何解釋？

「那……也許是她快要跌倒了，他趕快攙扶她吧……」

「這樣也行？攙扶她沒必要笑到露牙吧！」芫媛瞪著我的大眼珠快掉出眼眶，不可置信叫道。

「就跟妳們說固執鈴是不見棺材不掉淚的人，妳們不信。」詩雅也給我一個白眼：「那妳再看這張。」她再按一下滑鼠，還是文曲被偷拍的照片，這張……

那個長直髮女生是在幹嘛？在吻他臉頰嗎？他卻沒有拒絕的樣子，而且小虎牙還出現了……

心像被扔進北極海底三千呎，完全不能跳動。因為那個女生是——卓珊珊！

她們三個轉頭盯著我，意思是：看妳怎麼解釋？

「角、角度問題……」

芫媛當場歪嘴斜眼：「妳的度量還真大呀。」

詩雅把我的手機伸到面前：「不要死撐，至少向他要一個解釋吧？」

只有曉雨緊握我的手：「主竹說是角度就是角度！」

「嗯！」曉雨的支持給了我力量，「喜歡一個人就要相信他……我睡了。」

她們看我態度堅定地跳上床，認為沒戲唱了，也只好摸摸鼻子各自爬上床。

他是那樣的人嗎？我躺在床上，黑暗中睜大了眼睛企圖看透迷霧。

認識他以來，原本直線的生活有了亮麗曲線，單調的灰色有了柔和彩虹。

才華洋溢，隨手展現的驚喜，沐浴在他的光彩中讓我很享受。

沉穩溫和，尤其對我的溫柔，徜徉在他的體貼裡讓我很感動。

因為對每個人都好，所以人緣也很好。

但是，這人緣，應該也包括女生緣吧。有才華、待人親切體貼的男生，很少女生不傾心的。特別是，那個帶著小電流的側臉、有魔力的小虎牙。

愈溫柔、愈有才華的男生就愈花心？所以，才會被拍到看來跟不同的女生很親近的照片？這就是自己潛意識裡不想讓別人知道有文曲存在的原因嗎？如果可以，我想把他收藏在心底最深處，埋在最隱密的保險箱裡，永遠不要讓第二個女生發掘！對，喜歡就是要占有，什麼東西都可以跟別人分享，只有這種幸福不行，這屬於獨有的幸福！感情本來就是自私的，我就是要像小女孩接過生命中第一個洋娃娃一樣，緊緊抱住，不能讓別的女孩碰到……我翻身，揪著的心擠成一團。耳邊的小惡魔低喃：天一亮就打電話問清楚，到底那些照片是怎麼回事。

愈溫柔、愈有才華的男生就愈花心？這是張淑卿在情傷之下說的，怎麼能當真？我又翻身，企圖甩開這種負面思考。他才不是這種人，他跟別的男生不一樣，他不是一般的男生，因為他是文曲，是江竹鈴的專屬天使。江竹鈴是什麼人，是最有原則的女孩！花心、空心、壞心的帥哥不交，自大、自負、自以為是的帥哥拒絕，有錢沒品、沒內涵的帥哥走開，一切從心看起。這樣堅持原則下會選到一個溫瑞凡？那妳的原則不就是個屁？要對自己的原則有信心嘛。江竹鈴的選擇一定是非凡的，是最好的，所以「背叛」二字絕不可能發生在我們之間！嗯！心中的小天使給我按了個讚。

不過，最後會開花的，是最常出現在身邊、看得到的，近水樓台的天理妳會不知道？別騙自己了。文曲就算心有所屬，和他不同系的妳能全天掌握他的身邊出現什麼樣的女孩？妳人很美，但是人外有人，美外有美，殊不知張淑卿也是對自己的選擇太有自信，才會變成怨婦？我再翻身。唔，好男生是稀有動物，女生搶著要，還是要質問清楚比較放心。小惡魔拍拍我肩，對我點點頭。

走開啦！小天使抓起好幾支箭朝小惡魔猛射，再轉頭罵我：感情要有信任才能走得長遠，妳以後就不要跟男生講一句話、合拍任何一張照片，一生一世都不要，否則另一半也懷疑妳，妳作何感想？連信任都沒有，還肖想有幸福？做尼姑吧！嗯，小天使罵得對。我決定對文曲維持信心，不再多想，翻身睡覺。

這樣好嗎？帥氣體貼的老爸拈花惹草，把家庭搞到支離破碎，可憐的媽媽原先難道對他沒信心才嫁給他的嗎？負面的陰影讓哥哥也變成女友一個換過一個的浪子，這些過往的痛苦妳都忘了？戀情的力量真的很感人喲，不過，失戀的結果，只剩刀割的心與無盡的淚，這種後悔妳要嗎？以後妳不會變成李恩倩第二嗎？小惡魔的魔音傳腦，讓我又不安地翻了個身。

這麼好的男生妳也要疑神疑鬼？打打打，電話打過去，他跟妳解釋完感情也差不多完了。小天使飛來一腳踢飛小惡魔，小惡魔也不甘示弱飛回來抓住小天使扭打……糾結成一團，翻來覆去……

「喂！牛排已經煎到臭火乾了啦，還在翻？」黑暗中忽然傳來詩雅不滿的聲音，打斷我的思緒。

「噓，小聲點，會把曉雨吵醒的。」

「妳這樣翻來翻去，曉雨會睡得著才有鬼。」

「連我也睡不著呀。」向來入眠神速的芫媛竟也出聲。

「主竹，妳很煩惱嗎？」曉雨從上鋪探頭下來。

原來大家都被我的翻身干擾到無法入睡：「……對不起。」

華岡的夜，彷彿有穿透心窗的魔力，特別是在月光穿透窗櫺的時候。這寧靜的夜讓我不想怪詩雅、芫媛的八卦好奇害自己提心吊膽。我們四個躺在黑夜與月光裡開始敞懷談心起來。

聊著聊著，話題不知怎麼老圍繞在初戀。詩雅的戀愛經驗豐富，大都是男生追她，一點也不意外。小五就初戀了，聽她說得甜蜜，讓我確定初戀是最難忘的。

芫媛也有兩次戀愛，在國中。那時她還沒現在這麼腫。

曉雨的初戀在高中，即使現在她與子謙在一起，想起那個初戀男友，語氣還是很嬌羞。

至於我……

「妳不要告訴我文曲就是妳的初戀喔？那就太假了吧。」

「……是……啊……」大一才初戀，不知為何變得好像很遜。

「不會吧！」詩雅和芫媛驚聲叫出。詩雅不屑道：「一定又是妳自己的什麼規矩、原則一大堆的，才會這樣，真可笑！」

我沒接話。自己知道是自幼家庭破碎，從來對感情、依附都沒安全感。

「說真的，妳和妳的文曲到底交往到什麼程度了啊？」

「就……很好啊。」這個問題，讓我不自覺害羞起來，還好有黑暗做掩護，不然必定被她們嘲笑。

「是好到什麼程度啦？」詩雅追問不捨。

「該不會已經上三壘了吧？嘻嘻！」芫媛尖聲笑得曖昧。

「三壘是什麼？」

「三壘都不知道？妳是真不知還是假單純呀？」臭芫媛竟挖苦我。

我不理她，轉問上鋪：「曉雨，三壘是什麼？」

「就，摸摸囉。」

「摸摸？」我的臉頰一陣燥熱，趕緊轉移話題：「那有二、一壘嗎？」

「就……親親囉。咦，為什麼要問我啊？」

詩雅趁機笑她：「因為妳跟子謙一定在二壘玩玩啊。」芫媛聽了大笑。

「喂，別欺負曉雨。」我正聲道。

「哼，說不定芫媛在國小就二壘了，還笑我。」曉雨言下之意，和子謙已經……

「妳家主竹那麼喜歡文曲，又那麼晚才初戀，所以應該迫不及待直奔二壘了，對不對？」詩雅繼續逗曉雨，其實在嘲笑我。

「那也沒什麼吧。她的文曲很優啊。」

「竹鈴這麼漂亮，說不定文曲已經到三壘了咧。」芫媛的笑聲很色很邪惡。

「固執鈴，妳默認了厚？都不敢說？」詩雅發現我都沒回應：「啊！該不會已經回到本壘了吧？」

黑暗中，有六道目光突然往我身上鎖定。

「只、只有牽牽而已！」除了大典館天台上那一夜主動獻出的初吻外，後來我們真的都只有牽手而已，而且，等了好久他才牽……

誒，我幹嘛學曉雨講疊字？唉呀，脖子快燒焦了。

「交往快半年了還在牽牽？妳蝸牛唷！」詩雅笑得更大聲。

「那他就…很君子嘛…」

「君子？是沒那麼喜歡妳吧？」

「什麼啦，就真的沒想到嘛……」沒那麼喜歡？真的是這樣嗎？也就是說，他到底對我喜歡的程度是……好像從來沒想過這個問題。

「很喜歡的時候，會不想親密一點？沒聽過情不自禁嗎？」

「在、在一起又不是只能做……那些事……」我不認同地回嘴。

「尤其是妳長得這麼秀色可餐，他會不想吃妳？」芫媛也不相信。

「吃吃吃，妳能不能別只想到吃呀。」

「不然妳和他都做哪些事？」詩雅還不放過我，窮追到底。

「誰要妳管。」

「啊，我知道了，兩手牽牽轉圈圈，在草地上跳舞舞。」

「哈哈哈……」芫媛笑得超大聲，「跳土風舞啊？這麼老土，畫面超好笑！」

「不是，是圍著兜兜跳幼兒芭蕾！」

靜默了三秒鐘，她們一起爆出超大笑聲。芫媛笑到咳嗽，詩雅笑到抽搐，曉雨笑到顫抖不止。連我自己想像那畫面也有點想笑。

「把妳們的畫面關掉！」我連忙制止道。

我們在一起時都做些什麼啊……

最常聊心裡的話語囉。從前的我，心房緊閉，對任何人都躲在防衛的門後，只有面對他，會不自覺想把心裡的話都向他傾說。社會心理學老師講的錯誤歸因，朱紹宏上課時的白痴耍寶，陳綺安今天的戀情發展，曉雨說了什麼可愛的話，紗帽山上架著的彩虹，觀音山後嫣紅渲紫的晚霞，暑假回家阿嬤跟我講的公園趣事，打工時遇到的塗糊客人……除了背對背相倚時的笑聲，手機簡訊、電腦即時通裡也是滿滿的心情。

最常去山裡找藍鵲囉。雖然不知他為何這麼喜歡藍鵲，但是在後座把下巴靠在堅硬的肩上，前方的視野就會壯闊瑰麗，他髮梢在眼前隨風輕柔跳躍，就會撩撥我的心。喜歡抱著他的背，就是任性地想讓鼻腔裡輕溢他身上的橘子香；一種來自洗衣精的乾淨，一種純粹的安全感。

最常躺在大典館的天台上看星星囉。那些熠熠烺烺的小鑽，讓我們有說不完的話題，好奇著天上竟能如人間的擁擠，也探討人們為何如星間的疏離。面對幽遠壯闊的黑幕，每顆星星，他都有美麗的傳說故事可以告訴我……

「這個時候四下無人，總該來點什麼了吧？」耽沉於與文曲相處的回憶畫面，我漫漫敘述著，卻突然被芫媛打斷問道。

「喔，我們偶爾會帶一些小零食，比如說——」

「誰問妳吃什麼零食呀。嘿嘿嘿，我是說總該來點親親或摸摸了吧，呵呵……」

「哪、哪會呀！喂，妳不要這麼肉慾好不好！」

「呵——」她打了個好大的呵欠，「真的只有看星星聊心事？好單調好無聊。我先睡了。」

「竹鈴，我認為他真的沒那麼喜歡妳。」詩雅竟也妄下結論說，「也許妳也沒那麼喜歡他。」

「哪有人家只用親親摸摸做為是否喜歡的標準啦，太膚淺了。」

「哼哼，是妳太天真啦。關於感情，妳要學的還很多。」

算了，對於文曲的喜歡，只要自己知道就好了。我把棉被蒙住頭。

曲……我喜歡你……

可是，你呢……

第七話

「會談是讓社工人員了解案主需求的重要技能，許多時候，案主因為自尊、自卑、痛苦經驗等因素，不願吐露內心真實的一面，如果各位學會了會談，就能揭開這些阻礙，進而得知案主的問題及找到協助的方法。」社會個案工作老師望著我們說：「會談技巧的第一個原則就是同理心。沒有同理心，無法體會案主的遭遇與想法，提供給案主的協助往往是片面的、不是最需要的，甚至是不正確的，因為沒有抓到核心的問題，如何協助案主解決？」

我想到那天和李恩倩「會談」的情形，覺得老師說的很有道理了，如果不是自己同理她情感突然失去依附的感覺，就無法提供正確的解決之道：撥電話給文曲！嗯，太重要了。我在講義上「同理心」三字下方用紅筆畫了兩道線。

老師開始講同理心五層次，大家都很認真在聽。但坐我右前方的張淑卿似乎坐立難安，還不時發出低聲的「嘖」。

「老師，如果我沒有相同的遭遇，怎麼能體會他在想什麼？」終於，她忍不住舉手發問，「如果我和案主的性別、家庭背景、經濟狀況都不同，甚至念不一樣的科系，參加不同的社團，如何同理他？只憑想像嗎？」

她問的該不會是……是把她的觀光男當案主嗎……

老師笑笑說：「當然不是。傾聽是很重要的，如果妳學不會傾聽，就沒法捉住對方要給妳的訊息，聽不到他話中真正要告訴妳的事情，那樣妳當然會感到困惑了，最後在結案的壓力下，只好選擇想像、揣測、加上主觀價值去判斷事實，那樣當然是個不合格的社工人員。」

我在筆記上寫下「傾聽」，但在後面加上一個大大的OK，和一個小小的問號，代表我的認同與疑惑。

張淑卿蹙眉，對老師的說法似乎無法理解：「可是我願意聽，他不願意說，我要怎麼傾聽？理論總是說得很理想，現實好像是另一回事嘛！」

呃，這是在說她自己和前男友間的問題吧……

不過這就是我的小小問號。老師無意間和我疑問的眼神對上，不自覺盯著我說：「會談技巧上最重要、也最難掌握的就是立即性，社工人員必須學會坦誠而直接地和案主討論此時此地的兩人互動關係。目的是讓案主看清楚他現在正在做什麼，解開案主未說出的心結、澄清雙方之互動關係。」

我在筆記簿寫下「立即性」，但是後面掛上一個大大的「？」。

「當然，沒有經驗的社工人員一定會遇到困難，所以掌握立即性，有時必須適度地自我揭露。自我揭露是指社工人員可以與案主分享一些自己的過去經驗，協助案主更了解自己的感覺、想法及行為，從中得到啟示。」

自我揭露？更玄了。上次對李恩倩用這招，只差沒把我自幼的遭遇全抖出來了，也沒見她有什麼反應，還是哭個不停。得到的只有鬱悶與挫折。

而且我也沒失戀過，要如何分享過去經驗？一知半解之下，這四個字被我用紅筆畫了一個大框。

我有點恍神，斷續聽到老師下結論：「……所以，同理心、傾聽和自我揭露，是打開案主心門的三把鑰匙……」

能不能用這三把鑰匙，去解開一些自己和文曲間的疑霧啊……

也許，自己的不安，也該找個方法去化解。

和他在一起時有安全感，他不在身邊時卻有危機感。

對於危機感，多日來自我剖析的結果，潛意識裡覺得……最終將會失去他。

是他的原因，還是自己的原因？我該用這三把鑰匙，去把那個盒子打開嗎？那是名為潘朵拉的盒子嗎？還是繼續壓抑自己，把那些傳說耳語都當作華岡自由自在飄颻的山嵐雨霧，只選擇相信？

這三把鑰匙可以打開案主的心門？這樣的話，案主到底是我還是他呢……

「主竹！」曉雨在我耳邊叫喚，嚇了我一跳。她大大的眼瞳在我眼前眨啊眨的：「妳在想什麼啦？叫好幾次都沒回應耶。」

「誒，下課啦？」，從胡思亂想中回神，發現教室已經沒幾個人了。

「妳該不會是被詩雅她們昨天說的話影響了吧？」

「怎、怎麼會？我是那種人嗎？」

「嗯！」她的語氣轉憂為喜，「我就知道主竹最有原則了，有原則就不怕流言傳說！而且我也對文曲有信心。」

「呃，呵呵。」一下子不知如何回應，我只能乾笑以對。

我們一起步出教室，發現呂少軒和其他三個學弟妹在走廊上望著我們：「學姊好。」

「少軒，有事嗎？」

「上次是學姊請我們吃飯，今天我們想回請學姊。」

「啊，不必了吧。」向來心情一不好，就只想躲起來獨處。

「我剛剛沒說錯吧，竹鈴學姊很有個性的。」站在一旁的詩雅說得好像在打圓場，眼神裡寫的卻是：妳這個學姊太愛擺架子了吧？

「另外我們也有一些課業上的問題想請教學姊。」呂少軒馬上接道。

當下我覺得這個學弟還蠻體貼，但事後才知原來他早打聽到自己的直屬學姊超有俠女細胞，才故意這麼說。

「有課業問題要討論的話，我就不客氣了。」

我們一行八個人步行到山仔后的麥當勞。點餐後，詩雅和她學妹林婷瑩聊著班上的帥哥，芫媛和她直屬學弟蔡仁傑開始聊誰愛上誰的八卦，曉雨和靜恬則聊化妝品；六個人嘰哩呱啦嘻嘻哈哈，氣氛熱絡到一個不行。只剩呂少軒坐在面前，可能看我一臉嚴肅，未敢多發一語。

「學弟，你要這樣盯著我到什麼時候？」我終於忍不住問。

「學姊好像有心事的樣子，所以——」

的確，我還在想昨天看到網路照片的事。「你到底要問我什麼課業問題？」

「蛤？呃，暫時還沒想到……學姊妳是不是在擔心什麼？」

「沒有。」我不想再把昨晚的事講給還不是那麼熟的呂少軒知道，「如果你沒問題要問的話，那——」我抓起紅茶杯準備起身。

「有有有，我有問題了。」

我又緩緩坐下。

「我的問題是……」他的目光飄移往旁邊的芫媛和蔡仁傑一眼，「有些關於學姊的事，也許學姊並不想知道，所以，我們是不是換地方再說？」

「關於我的事？」我的聽力開始打開，「什麼事？」

聽力打開的結果，聽到蔡仁傑向芫媛低聲在說：「……所以她就要我幫她把那個提拉米蘇轉交給學長。妳知道提拉米蘇是什麼意思嗎？是『帶我走』耶！這樣她的意思不就很明顯了嗎？」

呂少軒的表情看來緊張。我對他說：「別人的八卦少聽，大都不是真的。」

他舒了一口氣的樣子：「對，我認同。原來學姊並不在意。那我就放心了。」

我不在意？他愈這樣說我愈感奇怪，又聽到蔡仁傑說：「……她說想要見學長一面，結果在大倫館門口站到快天亮妳知道嗎！」

「好痴情唷！後來呢？」芫媛的眼睛發亮，她對八卦最感興趣了。

「學長最後不忍心，終於下來見她。妳知道嗎，她一見到學長出現，就馬上撲過來作勢要抱他耶！」

「哇——」芫媛興奮地小聲尖叫，不知在激動個什麼。

「喂，蔡仁傑，你到底是不是男生呀？這麼愛講別人是非。」林婷瑩與詩雅的交談被芫媛的尖叫打斷，瞪了蔡仁傑一眼輕斥道。

「拜託，這件事在我們班上早已傳得沸沸揚揚，大家都很佩服她好不好，我是在讚賞她，不是單純在講八卦耶。」

「是在講誰呀？」詩雅問。

「他在講李恩倩啦。」王靜恬也止住與曉雨的對話，加入討論。

「唉唷，這麼勇敢？那學長是要跟她分手嗎？為什麼讓她在宿舍門口等那麼久？」詩雅也好奇加入。

「哪有，只不過是看過他彈吉他，聽過他講幾句話而已，就被煞到了。人家學長根本不認識她。」靜恬翻了個白眼。

「她那個樣子，不要去煞別人就不錯了啦。」蔡仁傑一副狗仔的嘴臉，讓人反感。

「你是說她披著長直髮，像女鬼喲？」

「呵呵呵。」

「是說那位學長真的那麼帥嗎？」曉雨好奇問，「是我們系上的嗎？」

「不是！他就是上次在興中堂——」蔡仁傑原本見所有人的注意力都被他的話題吸引而高昂的語調，在目光與呂少軒對上後急速冷凍，「他是別系的啦。」

咦？我順著他的目光，發現呂少軒在用制止的眼神瞪他。

「是哪個系？」向來喜歡打破砂鍋問到底的詩雅也發現異狀。

他瞄了呂少軒一眼，又瞥了我一眼：「反、反正不是社福系啦。」

「誰問你反正什麼系啊，我是問那個學長什麼系的？」詩雅嚴厲逼問。

「管他什麼系，反正恩倩能找到她的幸福，那才是最重要的，不是嗎？來，我們舉杯祝福她！」呂少軒舉起可樂杯插嘴道，顯然企圖打斷詩雅的追問。

「對啊，我贊成，她能儘快走出情傷最重要。」靜恬也舉起可樂笑著說。如果到此為止，我會假裝沒聽到剛剛的對話。想不到她和她學姊曉雨一樣單純，又看著我追加一句：「對不對，學姊？」

我握著紅茶的手已經開始發抖，勉強擠出微笑。

李恩倩能走出情傷，是因為我幫她打的那通電話……

「學弟，如果你沒有其他問題，我有事要先走了。」我不想再置身八卦傳說之中，起身下樓。

到門口時呂少軒追出來，一臉擔憂的樣子：「學姊，妳還好吧？」

「你——」心中的鬱悶快要爆炸，口氣變得很差：「為什麼假借要問什麼課業的事找我來？你是不是已經知道我和我男友的事？」

「我……」他一臉被冤枉的表情，「我是知道最近班上很多人在傳學姊的男友的事……」

「誰先開始傳的？」

「聽說是網友和鄉民。」

網友是誰啦！鄉民又姓啥？

「所以你找我來是要看我出糗？」我瞪他。

「但是我不知道蔡仁傑那麼白目，妳在場的時候還講個不停。」

蔡仁傑怎麼不去死？

「算了，我不該這樣對你講話。我回去了。」生氣不該遷怒別人，更何況是自己的學弟。剛才他還制止蔡仁傑，顯然還蠻維護我的。

我往學校走，急著想回去打電話。

呂少軒又追過來：「學姊，妳沒事吧？」

「沒事。」

「妳如果想找人說話，記得打電話給我。我願意聽。」

「回去吧，你的漢堡還沒吃完。」我的腳步沒停，現在沒空招呼他。

回到寢室，我立刻撥手機。書桌上音樂盒的水晶小天使望著我笑著。

那是他第一次送我的禮物，當時我還不認識他，但很想知道他是什麼人。現在我已認識他，卻更想知道他到底是怎樣的人。

「你在哪？」電話通了。自己的口氣有點硬。

「剛下課回到寢室。今天刑法老師補課。」

「到老地方吧。」老地方是圖書館二樓的閱覽室，我們初邂逅的地方。

「什麼事啊？」他察覺出我的語氣有異。

「見面再說。」

「妳發生什麼事啊？」他緊張起來。

很關心我啊……原本緊繃的心開始放鬆。「也、也沒什麼啦。」

「跟我說啊，到底怎麼了？」

「……心情不好。」

「那我現在就去。我等妳。」

返回宿舍的途中，覺得腳步沉重，心頭像石頭。現在前往圖書館的途中，不知為何，腳下有雲，心頭如輕舟。我告訴自己要拋開那些流言蜚語，在一起要永遠只有開心，不要讓他看到自己的不快樂。

尤其是看到走廊上樓梯口那個身影，幾分鐘前的鬱悶真的消失大半。

「曲。」我在背後輕喚他。

他轉身，牽起手很用力注視我，眼底盡是焦灼：「什麼事啊？」

「其實沒什麼啦。」我擠出笑容。

他端望著，恍若透過瞳孔，可以看到我的心底：「有人說我們什麼了？」

「沒有啊。」

他端望著，宛如穿過瞳孔，可以知道我的祕密：「聊到了關於那些po在網路上的照片？講了些讓妳懷疑的事？」

「大家閒聊而已。」

「所以妳懷疑自己認識的文曲，到底是不是一個花心的男生？」

「不會。」

「所以妳懷疑自己當初的選擇，到底是不是一個美麗的錯誤？」

「……」他的凝眸，讓我的心防一點一滴瓦解。

「我總是說，信靠自己的原則而活，是最神氣的事。但妳覺得並不輕鬆，是嗎？」

「……」他透析人心的神奇能力，讓我幾乎在他眼前無所遁形。

「我經常說，倚賴自己的良善而活，是最自在的事，但妳覺得並不容易，是嗎？」

「為什麼你總是這麼了解我？」

暑假去看海時，他那個若有所思的表情倏忽漾開，雖然只有瞬間，但這回無意間被我捕捉到。轉回淡然後是一貫的笑容，用最迷惑我的小虎牙說：「因為我是妳的專屬小天使，這不是妳常說的嗎？」

一朵輕雲在臉頰綻開，我仰頭望著他：「那你要對小主人誠實。」

「我從來沒有對妳不誠實。」

「李恩倩沒有帶給你困擾？」

「李恩倩？」

「我們系上那個送你提拉米蘇的學妹。」

「妳是聽到關於她的事？嗯，說實在，我很困擾。」他知道我不可能把他的身分告訴李恩倩，苦笑說：「不知她怎麼知道那天在手機裡跟她講話的是我，居然找出我是誰，還請她班上住大倫館的同學送蛋糕來。」

「你吃了？」

「妳吃醋？」

「哼，誰叫你都沒跟人家說。」誒，原來自己也會嬌嗔……真羞。

「退不回去的情形下，送給室友們吃了。因為沒吃，就覺得沒什麼好說的。不過我困擾的不是那個小蛋糕，是她一直要我下樓去和她見一面。」

「她想幹嘛？」

「那應該要問妳才對，我根本不認識她呀。」

「難道，她只是聽你說了幾句話就對你——」

「千萬別亂猜，我會很煩惱的。」

「誰叫你跟她亂說話。」始作俑者應該是我自己才對。

「我只不過跟她說：雖然時間是對的，但是位置變了，只能分手，只剩遺憾。」

「那就是被你的聲音所吸引了。」自己最初也是被這個聲音吸引。

「她一直託人帶訊息來說只要見一面就好。一直等到快天亮了還不走。我只好請室友陪我下去，以免誤會。結果，她一看到我就要撲過來，嚇了我一大跳。」

「嗯，我聽說了。」

「老實說，得知她就是那天妳在安慰的那個失戀學妹，就覺得她很可憐。可是為了讓她不再糾纏，只好讓她抱了。不過先聲明，條件是以後她都不可以再來了，而且在場還有一個她姓蔡的男同學和我的室友在。還有還有，我是這樣子被她抱的！」他手臂舉得高高，眼睛閉得緊緊，那模樣使我噗嗤笑出聲。

「不好意思，讓你這麼為難。」驀然，我內疚於這件事帶給他的困擾，畢竟認識他以來，沒見他對什麼事這麼煩的。

「沒事，畢竟妳也是想幫她才找我的，而且我也很喜歡幫助人呀。只不過，這些還只是小事唷。」

「還有？」

文曲說，李恩倩並未因而心滿意足，反而不時在他身邊飄現。

「學長，你是什麼星座的啊？」

文曲笑笑，沒回應她，繼續往教室走。

「這個送你。」她把一個親手做的便當硬塞給文曲，就調頭跑走。

「你吃了？」聽到這，我急忙問。因為我不會做便當。

「我送給小猴了。他後來說超好吃的。」

「你後悔沒及時吃到？」

「我後悔沒及時還她。」

因為第二天她又現身：「學長，你喜歡我的便當嗎？」

「呃，學妹，謝謝妳，但是請妳以後不要再送我了。」

「不好吃？」她的眼眶一紅。

「不、不是。因為我有女友了。」

「嘻嘻，我知道啊。」她的表情轉為開朗，「我不介意呀。學長，你什麼星座的啊？」

「學妹，妳在想什麼？」

「我想知道你的星座。」

剛好侯志堅出現在路口，文曲趕緊丟下她跑過去：「小猴！我在這！」

喜歡妳的便當？我喜歡妳當大便啦！他有女友了、他有女友了、他有女友了，妳是聽不懂還是裝傻？曉雨和靜恬明明早就告訴妳了吧！妳不介意？我、介、意！好嗎？

下了課，文曲搭公車準備到重慶南路買書，想不到她又飄到身邊的座位：「我們好有緣喔。」

文曲嚇傻，只能送上苦笑一枚。

「學長，你什麼系的呀？」

哩去細啦什麼系！想當初我想知道文曲念什麼系的，朝思暮想了好久，費盡心思才在曉雨的作伴下找到線索，大小姐妳就乾脆直白問了？

文曲說他像撞見貓的老鼠，不敢應聲，只能傻笑。

「我念社福系一年級，這是我的手機和依媚。」她把紙條往他口袋裡塞。見文曲整個人僵硬不語，她問：「你不想知道我是什麼星座的嗎？」

狐狸座？蜘蛛座？應該不是火象也不是水象，嗯，是精象星座吧。妖精的精。

「學長覺得雙魚座的女生怎麼樣？」見文曲不回答，她又問。

「雙魚座？聽說是很浪漫的星座。很善體人意，但也有務實的一面，對於人事都知所進退。」聽出沒有，叫妳善體他的心意不在妳，該務實的退去了。

「原來學長真的喜歡，好好喔。」他有說「喜歡」二字嗎？好什麼？

「學妹，我想妳誤會了。我有女友了，而且我們感情很好。」

「我說過，我不介意，我只想跟學長做朋友。」

「只是朋友？」

「嗯。」

「喔，那還好。」

「啊——」她忽然驚嘆，「學長，你的虎牙好可愛……」

「誰叫你把虎牙露出來的？」我蹙眉嘛嘴責怪他。

「蛤？」他一臉錯愕，搔搔後腦，「我聽她說只是要做普通朋友，終於放鬆地笑了，結果就……」

「這種鬼話你也信？一聽就知道她對你有意思的啊！」

他傻了：「不、不會吧。」

「然後呢？」

「然後她就開始跟我聊天，講了一大堆她和前男友的事，說起來她真的很可憐，第一個男友劈腿，第二個男友會打她，第三個男友把她甩了，難怪上次哭得那麼傷心。」

我急了：「你不會真的相信吧？」

「我相信呀，她還邊說邊流淚哩。那應該不是裝的吧。」

這三天的課較密集，慈幼社又忙，沒約文曲出來見面，就發生這麼多狀況。想不到妖女的手腳這麼快。

「我不管，反正你以後離她遠一點，聽到沒有？」

「哦。」他像個無辜的小孩，低聲說：「妳不相信我？」

「我…我是那種小心眼沒度量的女生嗎？」

「不是呀。」他放心地笑了，「那也不會生她的氣囉？」

「不會啦。」我裝出可愛的笑。

「好，那我們一起去吃晚飯好嗎？」

「你還沒吃唷？一起去。不過我只想吃冰。」因為肚子裡一把火。

第一次覺得自己是個俠女。又傻又瞎的俠女。

第八話

和詩雅做室友有一個壞處。她是康樂股長，為班上辦的活動別人可以藉故推掉，我們三個室友就休想。

「可惡，一堆人臨時落跑！」這天晚上她一進門就怒氣沖沖，「連隔壁的陳綺安和凌學琪也給我蹺頭！明天的班遊烤肉居然都不去了。」

「為什麼？」正在啃人類學課本的曉雨和我，同時抬頭問。

「一個說MC來很痛，一個說想家要回去。」

「不過MC痛是真的很痛。」曉雨也經常生理痛，感同身受，「幸好主竹時常泡熱巧克力和煮黑糖紅豆湯給我喝。」

「比得過我的心痛嗎？知不知道我籌畫了多久？這麼多人不去，會浪費多少班費？」她雙手抱胸，眼珠一轉瞥向我們：「喂，妳們每人負責拉兩個人來充數。」

「蛤？臨時要拉誰呀？」我和曉雨互望同聲問。

「拉妳們的直屬學弟妹來！」

「那也只有一個啊。」我低聲嘟噥。

「把妳們的男朋友也拉來。」

「少點人去烤肉可以多吃一點，幹嘛拉人。」躺在床上看言情小說的芫媛說。

「妳們也不想別人說蘇詩雅人緣差、辦事能力不足吧。」原來是為了面子。

「那有什麼關係？」

「這樣妳們身為我的室友，不會與有恥焉嗎？不會覺得自己也應負些連帶責任嗎？不怕人家說妳們無情無義嗎？午夜夢迴時不怕被良心譴責所驚醒嗎？」

「……」我們三個面面相覷，額頭上應該都浮出三道黑線。

「我沒男友，怎麼辦呀？」芫媛癟嘴又問。

「不管，妳自己想辦法。」

「大不了我一人吃兩人份就不會浪費了。」

「喂，竹鈴，妳好像面有難色？」詩雅瞄我一眼。

「我……怕學弟沒空。」重點是我知道文曲明天有課。

「我學弟說他們明天下午沒課。」芫媛戳我一刀。

「江女俠，這個時候妳該不會見死不救吧？救急扶危不是妳的原則嗎？連室友都救不了以後如何在江湖上行走？」

「當、當然，我義不容辭。」

「耶！我就知道曉雨的主竹最好了！」詩雅竟然衝上來抱住我大叫。

不知為何，我有種不安的預感。

第二天下午，小巴士在校門口等我們。曉雨、子謙、靜恬和我搭同一車次。我們在車上閒聊，曉雨和子謙是超萌班對，當然是坐在一起甜甜蜜蜜；因為靜恬坐在我身邊，話題自然找她班上的事聊。她很感謝我上次的協助：「現在寢室裡的氣氛好多了，恩倩每天都很開心的樣子，學姊妳真的很厲害耶。難怪曉雨學姊說妳將來一定會是很棒的社工師或諮商師。」

「曉雨都亂說啦。」呵呵，曉雨真是了解我。

「聽說班上或系上很多人會找學姊傾吐心事或煩惱？」

「那倒是，和男友吵架想不開、太混要考試拚命哀、社團活動沒人愛來、想要分手於心不安，妳能想到大學生的煩惱我都聽過了。班上有個男生便祕太久居然還來找我問怎麼辦咧！」

她噗嗤大笑：「好誇張。這能給他什麼建議呀？」

「建議他買罐通樂囉。如果還不通，就——」我合掌比了個童子拜觀音的手勢。她笑得咯咯亂顫，引得前座的曉雨回頭：「和主竹在一起很快樂吧？就跟妳說她是個喜歡帶給別人幸福的人呀。」

「學姊喜歡給別人幸福的感覺？」

「因為看到別人幸福，自己一定能感染幸福的感覺。」

「如果帶給別人幸福，卻會犧牲自己的幸福，怎麼辦？」

「這……」她忽然提出這樣的問題，還一臉嚴肅，讓我一下子不知如何反應，我沉默了幾秒：「應該不會才對，因為我們帶給別人幸福，就像小天使一樣，妳有見過上帝讓哪個天使傷心的嗎？」

「學姊，妳真的好堅強唷！」她倏然緊握我的手，滿是佩服的表情。當下我不知她所指為何，還傻傻地乾笑回應。

抵達青山露營烤肉區，發現詩雅、芫媛和班上幾個男生已經在做準備工作了，我們也加入幫忙。詩雅忙進忙出，無意間瞥見我冷問：「竹鈴，妳男友咧？」

「他有課啦。」

「嗯？」她馬上用譴責的銳利眼刀，向我全身上下大掃射！

「不、不過，我有請我的直屬學姊駱薇薇來呀。」

「嗯。」她收回準備擲過來的插肉竹籤，隨手拿起大聲公轉向人群用甜美的聲音：「歡迎各位蒞臨社福二的班遊，請快進場！」

「呼，好強的領導風格呀。」身旁的靜恬輕拍胸口道。

不過我沒回應她，因為看到學弟呂少軒在向我招手。

「學姊，我來幫妳。」他走近，一把搶過我手中的鍋子，開始剝玉米皮。

靜恬見狀說：「我們班少軒真是新好男人。」

我只好接過他剝好的玉米清洗：「你在家也幫媽媽做家事？」

「我曾在餐廳打工過。」

「你家家境不好嗎？」我想起曲的家境不太好，在高中時也曾打工賺學費。

「他家境可好了，不過他不想靠家裡。」靜恬好像很了解他。

「自己的雙手最可靠，不是嗎？」他笑笑說。

我有些感動：「嗯。最近上課還好吧？」

「心理學有點難懂，講到歸因行為。」

「歸因行為簡單來說就是對某一事件找出原因、解釋個案的行為嘛，應該不是很難呀。」我記得這個章節以前心理學孫老師講得還蠻清楚的。

「我知道，但是應用起來，有點難。」

「唔？」覺得自己是直屬學姊，應該要關心他，「不然你舉例好了。」

「像是，某個女孩很愛她的男友，但她的男友卻不愛她，就很難解釋。」

捱？是在講李恩倩的事嗎？

見我沒接話，視線從玉米移向我一瞥：「如何解釋這個男生對於女友的冷漠甚至冷血呢？」

「不過就是變心而已，有那麼難嗎？」

「可是那女生很痴心耶？為什麼不能被感動而改變？」

果然是在研究李恩倩的個案；我向四周張望，沒見到她，然後放低聲說：「我對女生的心理更有興趣研究。為什麼一個人已經不喜歡自己了，還這樣對對方痴纏難忘呢？」

他停下了動作，別具興味地看了我幾秒：「學姊，孫老師說自己是最難了解的，果然沒錯。學姊，那妳認為該如何歸因呢？」

「唔，應該歸因於害怕失去吧。害怕失去那些曾擁有的美好。」
「但是如果已經失去了呢？」
「那就只能歸因於無法面對現實。」
「像這樣的人，該如何協助她認清事實呢？」
「好好點醒她，讓她不要沉溺於過去，要讓她知道過往已不可追。」
「嗯，我的看法跟學姊一樣。」他給了我一個微笑。我也微笑回應他。
這時蔡仁傑跑來找他一起幫忙搬營火晚會的獎品。
「學姊，不要來玩還在討論功課嘛，好無聊。」靜恬望著他的背影，嘟起唇說。
「我們在關心妳的室友。」
「恩倩？她已經走出情傷了啊，還有什麼好擔心的。」
「妳們不是說去年她被男友拋棄時，還曾鬧自殺什麼的。」
「對啊，她的手腕上有一道很可怕的傷痕。不過最近她真的很幸福的樣子，聽說是找到了另一位王子哩。」
「真的？妳們班的？」
靜恬像是觸電一般，立即以手摀嘴，眼神驚慌：「學、學姊，那、那個那個……」
「哪個？」我朝她閃來閃去的視線看去，發現幾步外的呂少軒竟然在瞪她，目光充滿憤怒。
「我、我去幫曉雨學姊插肉串。」她慌慌張張想起身。

我一把拉住她：「等一下！少軒欺負妳？」

「沒有沒有。」

連頭也不敢抬起來了還說沒有？我對強欺弱最反感，回頭說：「少軒你過來。」

他放下手中的東西走來，滿是怒意的視線仍盯著靜恬：「妳剛剛在說什麼？」

「我在問她恩倩的事，你幹嘛生氣？」

「沒事。」他居然倔強起來。

「還說沒事？靜恬，學姊讓妳靠，妳不用怕。說，他為什麼兇妳？」

「……」她怯怯地望著我，不敢說。

「他怎麼欺負妳？」

「……」她又怯怯地望著我身後的呂少軒，欲言又止。

我回頭瞪他：「少軒，你是男生，有什麼事要讓靜恬嘛，幹嘛對她這樣？你們不是高中同學嗎？有什麼事不能好好說的？這樣嚇人家？你看她怕你怕成這樣。」

「好啦，我向妳道歉。妳以後不要再這樣了。」

「什麼跟什麼，應該是你以後不該對她這樣。」我提高了嗓音。

「學姊，妳不要怪少軒啦。」靜恬拉拉我的手，「是我不好，不該多嘴。」

「妳哪有什麼？關心自己的同學有什麼錯？」

「我怕的不是他。是妳。」

「怕我？」我是老了耳背，還是三天沒睡？聽到的到底對不對……

「不是他怎麼欺負我，是有人欺負學姊妳。」

「……？」一大片雲霧罩在頭上，我努力理解著。

「妳幹嘛？不是說好不說的嗎？」呂少軒大聲插嘴制止。

想不到靜恬比他更大聲：「這樣太不公平了！」

「妳敢再說！」

「為何不敢？學姊人這麼好，怎麼能被這樣對待！」

周圍的同學都停下手上的動作朝這邊望了，我連忙出聲：「喂喂喂，等一下！你們到底在吵什麼？」

「學姊，妳的男友是不是——」

「王靜恬！」呂少軒已經緊握拳頭、臉色難看。

我看狀況不對：「學弟，你去那邊。子謙，麻煩你帶學弟去幫詩雅布置舞台。」

「我不去，誰傷害學姊我就對誰不客氣！」他居然推開左子謙的手執拗起來。

我板起臉：「那你敢再對靜恬兇，我就對你不客氣。」

他忽然滿是錯愕：「妳怪我？」接著賭氣轉身，伸手抓起鍋中的玉米大力地撕扯著玉米皮。

靜恬見狀反而幫他說話：「其實他會這樣，也是關心學姊啊。」

我頭上、腦內、臉上、四肢一定因被莫名其妙貼滿、塞滿、塗滿、裝滿而全部僵硬掉。

一旁的曉雨把我和靜恬拉離人群，走到大樹下才低聲問：「學妹，到底妳剛才是和他槓什麼啦？」

靜恬看著我，欲言又止。我給她一個「說實話」的堅決眼神，她才決定豁出去似地說：「學姊，妳男友是不是一個法律系叫文曲的男生？人緣好，待人好，功課好，又長得帥——」

「怎麼會？我在別人的部落格看過他的照片啊。」是很多人都知道了嗎？心一緊，茫茫然之下我竟脫口：「……他不帥。」

「我……我不認為呀。」

「大家都認為很帥好不好！」

「學妹，帥不帥不是重點好不好！反正主竹不認為他帥也喜歡他嘛，到底他怎樣啦？」曉雨的娃娃音努力把我們拉回來。

「他花心，他劈腿，他濫情，他無恥，他對不起竹鈴學姊！」靜恬冷不防地斥責，罵的還是文曲？還罵得臉紅眉豎、深惡痛絕。

我被嚇震，曉雨也一臉錯愕：「學妹，妳幹嘛……他很優好不好，而且對主竹也很好耶。」

「就是同時喜歡兩個，對兩個女生都很好，才叫劈腿呀。啊，不對，他劈好幾腿，對好幾個女生都很好——」

原來呂少軒剛剛說的某個女孩，不是李恩倩，而是……我。

「妳聽誰說的？」

「系上和班上都在傳呀，而且網路上也有好幾張他和別的女生的照片，學姊真的不知道嗎？」她說的應該是那個「歪歪」部落格上的照片，「我們都很為學姊打抱不平。聽說學姊最討厭花心的帥哥，大一時還曾被一個臭屁的學長糾纏，受了很多委屈，好不容易找到心儀的人，誰知道卻還是被辜負！而且學姊好像還被矇在鼓裡，應該是最後一個知道的吧。」

「他不是那樣的人，妳們都誤會他了啦。」即使心上吊著一塊幾噸重的石頭，我還是努力維持鎮定，給她一個釋然的笑容。

「學姊對人那麼好，又常常照顧學弟妹，大家都為妳不值，誰都認為妳太相信他了才會被他吃死死。」

「他是我男友，我當然相信他。他不曾騙我，是怎樣的人我最清楚。妳知道嗎，感情只要有信任，就能走得長遠。」

「學姊呀，」她急了，拉著我的衣袖跺腳，「我不想看到妳像恩倩那樣受傷，少軒也不想呀。所以他不准我跟妳說，他說妳知道真相後一定會受傷。我說那樣對學姊太不公平，所以——我們的擔心妳到底明不明白啊？」

「所以，妳和他剛剛才會……」曉雨露出恍然大悟的表情，「看來少軒還真的蠻關心主竹耶。」

「我明白，所以少軒是我的好學弟，妳也是很善良的好學妹。但是不需要擔心，他真的不是像妳們想像的那樣。」一想到文曲專注熱切的瞳眸，心底不安的重石，像被一陣清風吹過，一下子就輕鬆了。

「那妳要怎樣才相信？眼見為憑？」她難以置信瞠視著我。

「眼見不一定是真的。」

她搖搖頭：「學姊，妳雖然善良，但會不會太天真？」

「那妳說，妳認為他會劈誰？」

我這麼一問，她的表情竟霍然變臉色，眼神迴避我：「學姊，其實，是我對不起妳……」

「蛤？」曉雨失聲叫出，「難道妳——靜恬，妳怎麼能這樣對主竹？枉我這麼照顧妳，主竹還幫妳開導恩倩，妳卻搶——」

「不、不是啦！不是我，是……恩倩。」

「李恩倩搶文曲？」曉雨驚訝，原本就大的眼睛睜更大。原來靜恬剛剛說恩倩找到的另一位王子，是……文曲。

「對不起，如果不是我請學姊來開導她，她也不會有機會和文曲學長接觸，所以都是我害學姊的……」

「恩倩？文曲已經跟我解釋過了，不可能啦。」加上她那個鬼——呃，那個不太吉利的模樣，根本不可能是曲喜歡的型嘛，更可大大放心。我笑得自然。

「真的嗎？」靜恬怯生生地問，「所以是她單戀他囉？」

「我不知道她是什麼戀，文曲只是想幫她，就像我去開導她一樣。」

「可是……」她仍不放心，還想說些什麼。

我打斷她：「他喜歡開朗自然的女生，不喜歡多愁善感的女生。這樣說，妳能不能比較放心？」

「主竹堅強又開朗，個性不像恩倩那樣會愁眉不展的，而且主竹比較漂亮嘛。」曉雨也附和，還幫我加油添醋。

靜恬搔搔後腦，看著我：「學姊當然是全系第一大美女，可是妳只有馬尾、T恤和牛仔褲，會不會太樸素了……」

「人家文曲就是喜歡自然的主竹呀。」曉雨真是知心姊妹，說出我心底的話。

「如果和這樣的她比呢？」目光一瞟，她伸手指向站在露營區門口的一個女生。我們順著她的手指與目光方向望去……

場地內何時陷入一片寂靜，只剩華岡的風，在耳邊像詠嘆，像讚美，像驚異，像低迴。時間都在剎那間靜止，所有的人幾乎都被無形的大內高手點住了穴，注意力全部被眼前的景象鎮住：長髮乘風輕飄揚，像流瀑，裙擺隨步任跳躍，似旋舞，合身洋裝畫出魅惑的身材，輕淡妝容寫映粉緋的雙頰。

那笑容，像末日前最後一抹令人心動的晚霞，讓人覺得世上最後的柔美才是不枉此生的印象。她就這樣飄進人群……

「她、她是誰？系系系上的哪位學姊嗎？」我期期艾艾，始終覺得自己的薇薇學姊如仙女一般，而她，竟彷彿像女神。

而且真的有男生傳來讚嘆：「喔買尬！女神！」

「學姊，如果妳的自信是來自於忽略她的外貌，那現在呢？」

我和曉雨不約而同望向靜恬，駭異地低呼：「她是——李恩倩？」

惴惴不安寫在臉上，靜恬別具深意地點點頭，意思是：如果文曲被搶走了，別怪我！女鬼變成女神？我的臉頰上一陣冷顫麻木，脈搏漏了好幾拍。其實從認識李恩倩以來，確實不曾見過她的「全貌」。原來超長直髮披蓋下是清麗的臉龐，加上化妝品的加持，當然就等於意外與驚異。

「嗨！」李恩倩向大家打招呼，聲音超嬌甜。引來好幾個男生圍著她，幫她拿了好幾份餐具。蔡仁傑居然像中邪般囈語：「妳、妳哪位？」

我們三人回到舞台邊。她瞄了我們一眼，線視搜尋著什麼，卻沒有對我和曉雨打招呼。心中乍現的忐忑告訴我：她在找文曲。

詩雅用大聲公宣布今天的活動正式開始。大家紛紛找位子坐，幾個男生積極坐在李恩倩周圍，對她大獻殷勤。

音樂聲、談笑聲與醬汁滴入火炭發出的滋滋蒸發聲交錯。心底有個聲音告訴自己：感情，只要有信任，就能走得長遠。我不怕。所以刻意找了背對李恩倩的位子坐下。背對魔鬼，就能迎向光明。

呵呵，這樣會不會太天真……笑得有點乾。

暮光與炭煙交織的迷霾中，我彷彿看到一位踩著奇幻雲朵而來的仙女出現眼前，愈靠愈近；心中不覺一振：「我學姊來了！」

「薇薇姊姊！」曉雨也看到她，立即起身叫道。

駱薇薇朝我們投來親切的微笑：「竹鈴，曉雨，抱歉，我遲到了。」

我拉著學姊的手坐下：「學姊能來我超高興的。」然後馬上跟這組的同學們介紹著學姊如何照顧我、如何有愛心、如何有智慧……說得大家眼睛直發亮，滿是羨慕我的表情。

學姊頰上綻放著嫣然：「我沒有竹鈴說的那麼好啦。」

眾多學弟妹圍著薇薇學姊問東問西，學姊始終笑吟吟地傾聽著、輕聲地回應著。五彩紛披的餘霞裡，我竟產生凡夫俗婦圍著仙女尋求心靈平靜的幻象。

今晚的玉米吃起來不知為何會特別甜，烤肉也特別香。

大家飽餐一頓之後，詩雅又拿起大聲公喚道：「請各組派兩位同學來舞台這邊，我們的營火即將點燃，今晚的晚會活動也即將展開！」身邊的人全都起身跑往舞台前投入即將展開的點火儀式。

「只是烤肉，居然還有營火晚會，蘇詩雅果然如妳所說是活動女王。」趁學弟妹都被詩雅吸引的空檔，薇薇學姊終於找到與我聊天的機會。

我笑笑：「她很強！只要辦活動她就超高興的。」

「妳呢？最近有什麼高興的事可說的？」我們有好一陣子沒碰面了。

「啊？也沒什麼啦，就平常而已。」

她眼波流轉，靠近我低聲問：「妳的天使呢？」

「他？很好啊。」

雖然不常與學姊見面，但我對學姊總能毫無顧忌地敞開心房聊天；大一時經由「小天使與小主人」的心理實驗認識文曲的事，除了曉雨以外，我只有告訴過學姊而已。

「唔？他很好？只有這樣？」薇薇學姊露出淺淺地笑，「那表示妳和他之間出現了一些問題唷。」

「沒有啊，哪、哪有什麼問題。他很關心我，隨時打電話聯絡，他也都在呀。平常我們會圖書館一起念書，放假時還會相約一起出去玩耶，而且我們之間也沒有第三者，我對他很信任，他對我也很好——」我把一塊肉塞進嘴裡，企圖讓自己的聲音變得混濁。

學姊柔柔地看著我，緩緩地接過我手中的叉子，靜靜地等我把肉吞下去，淡淡地握著我的手問：「那，妳覺得自己幸福嗎？」

「很幸福啊。」

「真的？有人想介入妳和他之間，會覺得幸福？心裡有懷疑，會覺得幸福？」

我怔怔地望著她，訥訥地咋舌道：「學姊……妳怎麼知道……」

仙界的法力果然高強，豈是我這凡間小俗女所能抵擋。

「我告訴過妳，心理學要好好學的嘛。」

「就跟妳說吧！」我用讚嘆的語氣拉拉身旁曉雨的衣袖，「薇薇學姊的心理學法力超高的，對不對？」

「我以為主竹的心理學已經超強的，原來薇薇學姊更強耶。」

「曉雨，妳不要幫她轉移話題。」學姊輕斥道。

曉雨吐舌縮肩，連忙藉故說「子謙在舞台那邊找我了」就一溜煙起身閃開。

「到底出了什麼問題呢？」學姊盯著我，一定要個答案。

「呃，應該怎麼說呢……」抱膝彎身，不自覺玩起火鉗。

火星在逐漸黑暗的夜色中向爐外飛射亂竄，我的思緒也像火星一般。

第九話

我喜歡文曲，所以相信他，從認識的那一刻起。因為我們的相遇與相知，是上帝一個奇妙的安排。只因我選擇相信那個原本不認識的他。

他也一直值得我相信。

他比薇薇學姊的法力還要高，關於看穿人的內心。

有一回，約好一起去育幼院看我認扶的院童小草莓。但是出發前和詩雅因為小事吵了一架，心情很惡劣。我告訴自己不可帶著負面情緒和孩子相處，那樣孩子也會察覺而受影響，特別是被母親遺棄的孩子，她對於情緒的敏感度，比大人還強。我也告訴自己，和曲在一起是最快樂的，讓任何惱惱嗔怒占用相處的時光，是史上最大浪費。

所以我把自己偽裝好，一見面就給他一個最燦爛的笑容，還用有生以來最嬌甜的聲音說：「我們去看小草莓吧！」

輕輕幫我把安全帽扣上，等我坐好了，輕輕啟動油門，在華岡輕輕吹拂的風中，他輕輕地問：「為了什麼事不開心啊？」

「怎麼可能，看到你不知道多開心哩。」

「跟室友吵架了？」

我沒能力招架他的溫柔，所以沒法回答，只能把攬著腰的雙臂，抱得更緊。

「妳覺得詩雅在堅持什麼？」

「為什麼你知道是詩雅？」

「她最不認同妳看事情的原則，不是嗎？」

連我是因為堅持自己的原則才跟她吵架都知道？臉頰靠著他的背，不自覺貼得更緊了。

片刻，他見我不作聲，又說：「啊，對了，我最近看到一些心理學上的東西不太懂，剛好想問妳。」

「讓你問。」我以為他不再問和詩雅吵架的事。

「傾聽、同理心和立即性，到底在說些什麼呢？」

你怎麼可能不懂？你比我還懂，而且困擾我很久的三個名詞，一下子就讓我懂了！我下巴頂著他的背，讓他衣上洗衣精的橘子香溢滿鼻腔：「好啦，我知道了。晚上回宿舍，我會主動找詩雅講話的。」

雖然看不到，但是知道陽光下、和風裡，小虎牙一定從紅唇中探出了。

一個眼神，就知道我的歡喜開懷或憂煩沮喪。

一句話語，就能讓我從黯淡的幽谷飛到雲上。

這就是他。文曲。

「好好喔！」曉雨突然出聲，把我從回憶中喚醒；她抓住我的手臂依偎著，一臉夢幻的表情既可愛又好笑。

我假裝推開她：「喂，不是去找妳的子謙了嗎？」

她抓得更緊：「人家比較愛聽妳和曲曲的互動嘛！」

「那很好呀，他那麼了解妳，妳在擔心什麼呢？」薇薇學姊看來很欣慰。

擔心什麼呢？我也經常這樣問自己。

應該是從那次我找文曲和吉他社的學長一起在迎新晚會上幫自己伴奏之後，我的心就開始時不時忐忑難寧。為什麼忐忑啊？文曲體貼善良，對任何人都和善，只要有要求的，好像沒見他拒絕過。他不愛說話，人緣卻很好，很多朋友都不知從哪裡認識來的。

他曾對我說，能成為一個有能力幫助別人的人，感覺真好。

也曾對我說，能幫助別人而未能及時出手的話，感覺真差。

這一點，和我一樣。只要這一點，就能讓我們一起長久走下去。

能遇到一個和自己頻率相同的人，那是多麼幸運。

他能和妳一起喜歡妳所喜歡的，和妳一起討厭妳所討厭的，那就是幸福。

那才叫做在一起。

文曲真的很優，很有才華。說話聲音好聽，吉他彈得更好聽。有洞悉人心的神奇能力，幾句話就能把人的戒心融化。

文曲最優的，是他的謙虛不居功。球賽贏了，明明是他的智慧，卻把夥伴推向掌聲，自己轉身面對責難。什麼？情人眼裡出西施？不是，是竹鈴肚裡出火藥，因為，這種不公道，太違我的原則了。但是，文曲卻風輕雲淡，彷彿當然，他就是這樣的飄瀟自在。

然而……這麼多的優點，被別的女生發現了。

而且，她們似乎想要全部都搶走！

我像個天真的小女孩，原本將五彩香甜的糖果灑放在桌上，自由地欣賞，滿足地擁有，不吃有滿眼的歡欣，想吃就滿嘴的滋滑，多開心。現在卻發覺有別的孩子也發現了這個桌子，她們只想把糖果全部收進罐子裡，一把抱走……

怎麼能不擔心……

見我只是苦笑不語，學姊抿嘴淺笑：「擔心失去他啊？」

厚！學姊的穿心法力也未免太強了吧。

手機響起，打斷了我想反駁的思緒。學姊接起應答一聲，然後說：「我該走了，映君在門口等我。」

米映君學長是學姊的男友，兩人是一對神仙佳偶。

「誒？學姊有吃飽嗎？剛剛的肉好像沒熟？要不要包一些給米學長呀？」捨不得學姊走的我，一時不知該說些什麼，只能胡亂說些客套話。

「有時候，擔心是不是因為不了解啊？」起身離去的學姊，忽然回頭這麼說，在我尚未回過神前，就揮揮手，衣角輕揚，彷彿乘著一陣風翩然往暮色裡走去。

「薇薇學姊好像仙女啊。」曉雨斜著頭望著，喃喃自語。

正想附和，但我的手機也響起。我從外套口袋取出手機：是文曲。

「鈴，我要參加妳們的營火晚會了。」

「你們老師的補課結束了？」

「唔。一下課，就接到社長的電話，說妳們班詩雅邀他幫晚會節目伴奏，可是他昨天麻辣鍋吃太多拉肚子，現在還癱在床上，就臨時叫我幫他支援一下。」

「為什麼不找其他人，偏找你？」我想到某個變身妖女也在這裡。

「社裡的幹部昨晚聚餐，除了我沒去，大家都去吃了，所以……」

厚！什麼鍋這麼強？我討厭麻辣鍋。不知吉他社學長們的菊花是否平安……

「咦，妳好像不太希望我去喔？」

「沒呀。你幾時到？」

「我剛到。妳沒看到我嗎？」

我四處張望，還沒來得及找到，身邊的曉雨已經用手肘碰我：「舞台邊那個是不是妳的曲曲呀？」

前面的康樂活動我都在和薇薇學姊聊天，沒有參與。

見到文曲在小舞台邊，我和曉雨把烤肉的灶火熄了，立即起身過去加入圍坐在營火邊的人群。

「接下來是今晚最後一個也是最感性的節目了。」詩雅站在小舞台上宣布。「每次聯誼活動，這個節目都是最受歡迎的。那就是真、情、告、白！耶！」

班上幹部跟著喊「耶」。身邊人群也傳來驚嘆，看來有人參加過這個活動。

服務股長邵宣蔚發下點歌卡：「如果不夠，還可以再向我拿，每個人告白的對象不限一個人喲。」

「寫下最想點的歌，和最想跟對方講的真心話！讓我們來為大家傳達！這就是真、情、告、白！」詩雅高八度地大喊，還振臂狂揮，臉頰興奮到漲紅。

當時我心裡還在想：什麼節目，幹嘛這麼嗨呀。

「要點什麼歌啊？」曉雨蹙眉，拿筆輕敲額頭苦思著。

「看妳的子謙喜歡什麼歌就點什麼歌嘛。」

「他喜歡Folder 5的〈Believe〉。」

「蛤？五個信佛的人？那是什麼歌？」

「不是啦！那是一個日本的五人女子團體，歌名是〈Believe〉。是《航海王》第二季的主題曲。」

「喔。」子謙是個卡漫電玩迷，會喜歡《航海王》也不意外。只是這主題曲我倒沒聽過。曉雨寫完她的點歌卡，瞄一眼我的：「咦，〈最珍貴的角落〉？這什麼歌？」

「是一首描寫友情的歌。待會聽了妳就知道。」

上次和曲騎車去竹子湖時，他在路上輕哼這首歌的聲音，至今還迴旋耳畔。因為那像是天使的低吟詠讚。

至於要跟文曲講些什麼真心話啊，嗯……

「寫好了就趕快投進宣蔚手中的箱子裡哦！」詩雅尖著聲音喊，看來已經興奮到快昏倒了。「今天擔任抒情琴手的，是特別商請吉他社派來的文曲同學，大家掌聲歡迎他！」

在掌聲中，文曲彎身鞠躬。露出小虎牙。

「這個吉他手好像在哪裡看過……」身邊的學弟蔡仁傑自言自語。

如果不是被別人的八卦搞笨了腦，那你一定能想起來迎新晚會時站在我身後的墨鏡男呀。不青傑。

「滿天的小星星，有一顆是我的心。」詩雅忽然從高亢變成感性的語調，讓原本嘻鬧的現場頓時安靜下來，「塵世的喧鬧聲，有幾句是我心聲。人群中的妳，是否看到我？是否聽見我的心？」

「幹嘛肉麻兮兮一秒變文青啊？」郭倍嘻皮笑臉地吐槽。

「哩細啊哩！宣蔚，先把郭倍的點歌卡找出來！」詩雅立即變臉。

郭倍嚇得大叫：「哪有這樣！不是說要用抽的嗎？不公平啦！」

詩雅不甩他的抗議，接過邵宣蔚找出來的卡片開始唸：「喲，還署名深情咧！」

全場哄堂大笑，「噁爛」、「你才噁心吧」、「深情郭公公」、「平底鍋能有多深」的嘲諷此起彼落，讓他羞紅了臉，哭笑不得大叫：「那不是我啦！怎麼知道是誰的卡片？你們作弊！」

「你的字很好認，因為夠醜。」邵宣蔚反嗆他，又引來一陣笑鬧。

「深情炒菜鍋要點的歌是〈其實你不懂我的心〉，要點給他的小主人。」

文曲立即以滑音彈出悠悅的音符。

詩雅接著以做作的語氣唸道：「琪，那天妳瞪著我問，為什麼老是對著妳笑，我忘了告訴妳，世上唯一能讓我擁有開心笑容的，只有妳出現在我視線裡。妳懂嗎？」

女生都發出了驚嘆聲。男生則「誰懂啊」、「改名噁心倍吧」地嘲笑，圍著他作勢拳打腳踢；他的室友左子謙甚至手臂繞住他的脖子：「唬爛！上次我們打線上遊戲贏了你笑得多開心！現在居然說凌學琪是唯一！」

「爛人！居然把凌學琪的名字說出來！」郭倍也推左子謙，兩人拉扯成一團。

「在華岡的破曉裡，有一道陽光穿透層層迷霧，讓霧中的我看到前面的路，在華岡的細雨裡，有一個女孩撐傘漸漸靠近，讓雨中的我步伐不再躊躇。」柔和的弦音中，詩雅以感性的語調唸出這段告白，讓我的心頓時溫暖起來。「給可愛的曉雨。」

所有的人都望向曉雨。她的眼眶都已感動到紅了。

我偷瞄子謙，他強作鎮定，臉頰在營火的映照下更紅了。

「子謙的真心話耶……」我附在曉雨耳邊小聲說；她羞得低下頭。

之後，曉雨的卡片被抽中，詩雅唸到「記得我們打勾勾，記得曾相約相守」時，長得像磁器娃娃的曉雨看來幸福洋溢，讓我也同感甜蜜。

如果文曲也是我們班的，他可能會點什麼歌、說些什麼呢……給我……

「下一張，要點胡彥斌的〈不是不想〉。」這是首描寫單戀的歌。詩雅等文曲的吉他流洩出圓韻，緩緩唸道：「華岡的風聲，少了妳的笑聲，只剩冷清，華岡的風景，少了妳的身形，只是山影。雖然妳不知道，但是沒關係，我只想默默地喜歡妳。」

好幾個女生尖叫出聲，「好浪漫喲」、「寫得真好」、「誰寫給誰的啦」此起彼落。直到詩雅忽然別具深意地望向我：「To竹鈴。知名不具。」

捱？吐我？

火光搖曳中，幾十道目光直直射來，我整個人被嚇傻。

空氣流動裡，吉他聲似乎也走了兩個音又趕快拉回。

知、知名不具？姓知名？我們系上有日本僑生？

我慌張地望向文曲，恐怕他誤會。

他只是微微一笑。

「文曲寫的齁？」曉雨靠向我低聲問。

我搖搖頭：「絕對不是。」

因為點歌卡上的真情告白愈來愈火熱直接，全場的人臉上都漾著因八卦而興奮的表情。我終於知道詩雅為什麼開始時那般激動。

八卦會讓人好奇、想像，最後妄下結論。也許因而會刺激大腦多巴胺吧。

接下來的幾輪點歌與告白更讓氣氛高漲到極點。

討論聲與曖昧笑聲紛紛竄出，許多人開始猜測那些不具名的告白者是誰了。

我最討厭這種八卦氣氛，而且剛才那個不知名的「知名不具」，讓胸口變得悶悶的，只知道自己不時偷望前方的文曲，沒心情聽詩雅還唸了些什麼。

直到光良〈單戀〉的音符在空氣裡飄揚，詩雅刻意裝作很有感情地唸著：「雖然知道妳已經有男朋友了，但是我不在意。因為相信有一天，妳會感受到我的存在。給我最在意的竹鈴。妳知我誰。」

最在意的竹鈴、鈴、鈴……在耳邊迴盪！

火光搖曳中，幾十道目光又直直射來，我整個人被嚇呆！

空氣流動裡，吉他聲確定走了兩個音，又再次趕快拉回。

我錯愕地望向文曲，深怕他誤會。

他的微微一笑已經不見。

彆扭的氣流，環繞在我和他之間。

是誰啦？開玩笑嗎？妳知我誰？我知才有鬼呀！先生你哪位？

「這次是了齁？明明是自己的男友故意玩仰慕者的扣斯普累？好有趣喲。」曉雨靠向我低聲問。

我搖搖頭：「是的話我是豬。」

「誒？那就是說，班上還有另外兩個男生……喜歡主竹？」曉雨不禁興奮起來，小聲尖叫：「主竹行情好好喔……」

「拜託，這種行情我才不要。」因為人家已經有文曲了啊……

正當我尷尬到不行時，幸好詩雅又開始下一張點歌卡：「哎呀，有人點給我們的抒情琴手耶！是點侯湘婷的〈曖昧〉。」

〈曖昧〉？文曲望向我，表情看來詫異；我微微聳肩、嘟嘴，表示不知道是誰。

大腦裡的反應，卻已經自動轉向高度警戒模式。

詩雅清清喉嚨，假鬼假怪唸著：「學長，自從第一次與你的對話，就彷彿聽到了救贖的聲音……」

全場響起一片瘋狂的叫囂，幾個男生還假裝膜拜起來；文曲看來超窘迫。那一瞬間，我真後悔讓他來這裡，並開始在人群中搜尋，目光不由自主就被妖女吸住……

因為她看著文曲的眼神，除了四個字可形容外，別無其他：深情款款。

救贖？我看是搶別人幸福吧。

「第一次看到你的笑容，就從幽暗的深谷裡看到了溫暖的曙光。」

曙光？妳是餓了想吃薯片吧。

詩雅不管全場高亢的議論聲，再唸：「你告訴我的話語，我都記在心裡，時時刻刻。想要的是，跟你在一起。擔心的是，你是否介意。畢竟，我是一個傷痕累累的女生……」

在一起？誰准妳在這裡告白的？是否介意？我的長髮沒有妳的長，身材沒有妳那麼好，妳的妝隨便畫畫就吸引那麼多男生，當然介意！他是我的文曲耶，我介意得要死！

「感謝你帶我走出情傷，給我力量。你是我的天使。」

全場響起掌聲。我堆疊的怒氣卻快要山崩。

他是我的天使，不是妳的！

是我的！

「下一張是點張惠妹的〈卡門〉。我們的抒情琴手可以彈嗎？」

文曲點點頭，開始輕刷琴弦。

「呃，這、這個嘛……」詩雅盯著手中的點歌卡，吞吞吐吐。人群中有人出聲：「是有人向妳表白對不對？」「不管，一定要唸，這樣才公平呀。」

她聳聳肩，一副豁出去的表情：「愛情不過是普通的玩意兒，一點也不稀奇，男人不過是消遣的東西，有什麼了不起——」

這時已經有人大聲插嘴抗議：「什麼嘛！歧視男生嗎？」「項下誒？一定艾踹共！」

詩雅見狀況不對，愈唸愈快：「什麼叫情意還不是大家自己騙自己什麼叫痴迷簡直是男的女的在做戲——好！下一張！」

文曲的吉他也隨著愈彈愈快，搞到後來好像大白鯊將浮上來的樣子，超緊張。

「旦咧！洗項下叺項？哪誒嘸唸出來！」

「唸啊！我也想知道是誰啊。」

「袁芫媛，妳很久都交不到男友，是妳心理不平衡寫的吧？」

「死郭倍，你才腦壓不平衡咧！」

七嘴八舌妄加猜測、胡亂指責的聲音把原本浪漫的氣氛搞爛了。

詩雅見狀只好趕緊宣布：「好好好，我唸我唸。這是無名女要點給無名氏的。下一張！」

「敷衍！」

「不公平！」

「驗票、驗票、驗票！」

「喂！我就是無名女！妳幹嘛不敢唸我的名字！」

大家的叫嚷立刻靜止，回頭一看……站起身手扠腰，一臉不以為然的是張淑卿！

「感謝各位參加今晚的真情告白希望大家都能找到屬於自己的幸福大家後會有期囉掰掰！」詩雅迅雷不及掩耳地宣布結束，讓全場從原本浪漫的溪流直接滑落萬丈錯愕的深瀑底。

「原先營造的氣氛都被她破壞光光！好想把她的頭髮扯光光！」詩雅當晚一回到寢室就臭著臉恨恨地罵。

我也好想把某人的頭髮扯光光。平常掩著半邊臉的長髮。

第十話

平常，我們最喜歡偷溜到大典館的天台。這裡像是山中的小城堡，除了穹蒼的變幻和我們，沒有任何旁人或雜音，讓我覺得自己像是童話故事裡的和王子相遇的女孩，在故事的最後，和王子一起過著幸福快樂生活的地方。

我們最常在黃昏時溜上來。

晴天時，這裡有城裡的璀璨燈海和天上的皎潔月光。

「燈海就像人群，月光就像妳。」

「那你呢？」

「我喜歡月亮旁邊那顆星星。」

「不要。那顆星星和月亮時遠時近的。」

「不論是遠是近，它總是在身邊，守護著。不是嗎？」

「為什麼要時遠時近？」

「不然，妳想它們撞在一起嗎？」

「這就是你常說的時間和位置的關係嗎？」

「它們的時間和位置已經是固定的了。再怎麼變化，也會互相吸引、彼此對望，縱然有別的星星在它們周圍出現，但這種互動關係也不會改變。」

「是誰讓它們固定的？」

「自然的引力。」

「你喜歡自然？」

「嗯。」

自然的引力，讓月亮和那顆守護星在一起。

是不是就像我們在一起呢？自然。

陰天時，這裡有迎面的絢麗彤雲和環繞的騰捲暮靄。

「雲霧就像妳周遭的人，色彩就像妳。」

「那你呢？」

「我喜歡是一陣清風。」

「為什麼要是風？來無影去無蹤的。」

「吹走曉霧，讓晞微能順利變得清亮，人們能得到溫暖。」

「曉霧不好嗎？」

「因為晨曦已經在眼前了，曉霧卻讓人看不清前方的路，使人心慌。」

「你的想法都好奇怪，不像你的年紀。」

「我已經很老了。心。」他那個若有所思的表情，又再一次似謎般悄悄綻開。

「想不到你是一個老天使。但是你的外表不像呀。天使是不是都很長命？」

「長命也許是為了要看透一些人世的什麼吧。」

當時的我，只顧沉醉在甜絲絲的氛圍，即使不太明白他的話，也覺得浪漫。有智慧的話語，常常要想很久才能理解，這是我當時的理解。

雨天時，這裡有清涼的淅淅瀝瀝和晶瑩的澧澧露華。

我們喜歡並肩坐在長椅上，光著腳丫伸出大傘下，讓腳背淋溼，再以腳底交互拍擊地上的水窪，讓雨水濺向四周。

「雨露就像那些攻擊我們的人，雙腳就像妳。」

「為什麼我是雙腳？」

「因為它們不是只能無奈地被淋溼，而是有力量改變現狀的。」

「怎麼改變？」

「拍打雨水，讓雨水轉個彎後變成晶亮的珍珠，燦爛地四散飛開。」

「那你呢？」

「我就像這支大傘。」

我笑了。以為他只是單純在說他會守護我、為我遮去風雨而已。

經歷一些事後，我才體會出他話中的重點所在。

但在當下，我就是只想陶醉在幸福的境遇裡，不願多想。

也許成長，就是傘再大，也不能完全避免被淋溼。

而且被淋溼了，還要怪傘不夠大。

殊不知沒有了傘，得到的卻只有狼狽與生病，不會成長。

營火晚會後的兩個星期，我每天都約文曲出來。

我很想問他和李恩倩的事，但始終說不出口。從天氣的晴雨聊到芫媛吃了一個大火鍋，東拉西扯半天，終於下定決心，開口卻是：「你最近在忙什麼？」

江竹鈴，妳真是沒用。

他應該知道我要問李恩倩的事，但卻一反常態，沒有主動解釋。

他不是都知道我的心事嗎？……

胸口悶悶的，好幾天。

這天我們從圖書館出來。事後我想，如果我們是往大典館的方向走，我們會同坐在天台上聊心事，也許事情的發展就會全然不一樣；可惜不是，我們是往大義館方向走，坐在大義球場的觀眾席上。

他盯著手裡的民法講義，為明天的期中考努力複習。我把視線從自己的筆記移往球場，幾個男生有氣無力地拍著球晃來晃去在練習；忽然想起他的肩膀上，曾有別人的淚溼。終於，我忍不住，決定豁出去了：

「曲，你從來不騙我？」

「嗯。」

「那天營火晚會上，李恩倩的真情告白……有沒有讓你嚇一跳？」

當然有，想不到她竟會那麼直接，害我不知所措，很擔心妳誤會，真的不知如何躲她，很苦惱耶……他應該會這樣回應我吧。

「沒有。」

咦？怎麼這樣！

「那，是你……早就預料中的……嗎？」

怎麼可能，不過我本來很多事就處之泰然，所以也就平常心視之，畢竟，她剛從情傷中走出來，急於找一個感情寄託的對象，會有這樣的不顧一切的期待，也是很正常的，這樣想，我就沒有特別感到意外……應該是這樣吧。

「是啊。」

捱？怎麼可能！那，所以呢？

他望了我一眼，牽牽嘴角，目光又轉回手裡的講義。

沒啦？你的話一定要這麼少嗎？……

「為什麼？」我沉默半晌，想起呂少軒傳給我的一張照片，鼻頭忽然一陣酸。

「唔？她這樣把話直接說出來，不再壓抑，不是很好嗎？」

很好？

別的女生當著你女友的面，對你肆無忌憚地表白，你居然說這樣很好？

我的心像被霹靂雷擊，整個停掉、焦掉、硬掉……然後碎掉。

我無法言語，低下頭，筆記上的字全部白掉。

他抬起頭，輕聲問：「妳不高興啊？」

我倔強嘴硬：「不會呀。」

「那就好。」他又收回視線，望向講義。

曲啊，你怎麼可能不知道對於感情，我最痛恨劈腿的男生？我這麼喜歡你，你卻……少軒傳給我的照片，是你和李恩倩並肩走在校園裡的背影，我等你主動告訴我是怎麼一回事，等了好幾天，你都當沒發生過……

你一向都最懂我的啊……

「那天營火晚會……我真的不知道誰對我告白的唷。」

「我知道。」

是知道我不知道告白者是誰，還是知道是誰向我告白？我轉頭，發現他的視線仍停留在手中的講義上。

「……所以，你不介意？」

「不會啊。」

不介意？意思是對於我們之間有信心，還是對我被別人追走了也不介意？

胸口又悶了。

深呼吸，甩甩頭髮，決定自欺欺人，當作統統都沒發生過。

「期中考完，我們回高雄一趟好不好？」

「好啊。妳想家？」

「我想去你家。」

「嗯。媽媽有在問，經常和我在電腦上聊天的女生是誰。」

暑假時，我們晚上經常用即時通軟體聊到很晚。

「你怎麼說？」

「我說是一個念社會福利系的女同學。她說妳一定很可愛，要我有空帶妳回家坐坐。」

看吧，你媽媽都這麼了解我，你怎麼可能不了解我。我裂開的心有慢慢復原的跡象。

事後，我告訴自己：感情，只要有信任，就能走得長遠。

即使少軒一直認為曲是個用情不專的人，老為我打抱不平。但我還是願意這麼告訴自己。

期中考完的那個禮拜六，我和曲搭車返回高雄。

我們都是高雄的孩子，回到故鄉，讓我完全地舒放，什麼擔憂、不愉快都被丟在台北的山上了。一路上，我們聊著小時候的事，好像返鄉就是會讓人容易想起從前。雖然，童年不幸福，而且老家只剩阿嬤在而已，但是那種屬於，是維繫自己過去唯一的線，總是令人不捨，也無法拋棄。

一如往常，總是我說的多，他聽著，回應的多。

「所以，對於爸爸很早就離開妳和哥哥，另組家庭，妳始終無法釋懷？」我不知第幾次提及這些童年傷心事，他仍然能耐著心仔細聽完。

「這是影響一生的事，是讓家人的親情破碎的背叛，叫我怎麼釋懷？」

「我知道，沒有人喜歡被背叛。」

「如果不是阿嬤，我現在不知流落到哪裡了。」突然好想阿嬤。突然覺得列車的速度超慢。

「那，我們先去妳家看看阿嬤好嗎？」

「嗯！」他果然懂我。

「你媽媽……會不會很嚴肅啊。」想起考前自己要求到他家，只不過想更了解他。車過嘉義，倏忽想到要和他媽媽碰面的情形，我竟緊張起來。

他笑笑，說媽媽是世上最和藹的母親。父親在他念小學的時候就過世，年輕時母親為了扶養他和妹妹，吃了很多苦，做過很多辛苦的工作，卻總是把負面的情緒與壓力在回家前都隱藏在門外，以最溫婉的態度對待他和妹妹。所以在小三以前，對於父親的離世除了偶爾的失落，他都不會有不安的感覺，因為媽媽的堅強與勇敢，讓他有全然被保護的放心。

直到小六，有一天，上學途中，突然想起昨晚忘了把今天要交的作業本放進書包，他急急忙忙折回家。進了門，發現媽媽的鞋子在門口。媽媽那天休假，他不以為意，衝進房間抓起書桌上的作業簿，才要回頭，卻聽到隔壁的房間傳來媽媽的聲音……

那是一種絕望的、無助的啜泣聲。

他悄悄走近房門前，聽到房裡媽媽時而哭泣，時而喃喃自語；讓他極為震懾。媽媽對著照片，說的是對爸爸的思念，說的是自己的無力與無助，還說如果不是因為兩個孩子，很想去天上找爸爸……

媽媽的這一面，他從來都不知道。他說自己像被木樁釘住，無法動彈。

媽媽在外工作的辛苦、因年輕守寡遭到職場上男性的輕薄欺負，是年幼的他從來不知道的。多年之後得知，對母親的心疼不捨，更是讓他一夕成長數年。

而且他也才知道，思念，是可以讓人喪失生存的意志。

曲說，他聽在耳裡，也藏在心裡，暗自發誓將來一定要做一個有能力的人，不讓母親失望……

難怪你說你的心老了。難怪你說「心中有人，而那人不在的感覺就是這樣」。

「唉，伯母好偉大唷。」眼角溼溼的，不知為何講話有鼻音。

「這樣，妳還會對我媽媽感到害怕嗎？」

我搖搖頭，想像著她是怎樣一位長輩，內心原先的不安已消失殆盡。

原來母親的溫暖堅毅，也會讓孩子成為一個溫暖堅毅的人。我覺得自己好幸運，能和曲相識相遇，如果不是後來事情的變化太快，當時我真的覺得自己有去見未來婆婆……呃哼！不是，去見一位大天使的感覺。

婆──伯母，您辛苦了……

出了高雄車站，換坐巴士，我打手機告訴阿嬤我要回家。阿嬤連聲說好，聲音聽起來很高興。

下了巴士，我們往家裡踱著步。我興高采烈地告訴他哪家鄰居的小男生小時候偷考卷，被家長拿藤條追著抽；哪戶人家的大姊姊考上台大，後來卻進了演藝圈，現在居然在演長壽劇。經過小學時，我竟然像個發現兒童樂園的小女孩尖叫了出來，可惜是假日，校門沒有開，但是隔著鐵欄杆，我指著那棵大榕樹，說著一位弱小的女同學被隔壁班另一個高大的臭男生欺負，把她的長辮子偷剪了一半鬧著玩，我站在那樹下把他罵到哭的得意往事。

「想不到妳小時候這麼恰！女俠。」他故作害怕狀。我羞得推他一把。

還說著畢業典禮時，班上一個男生居然拿塑膠胸花向我告白，還哭得抽咽流鼻涕說：「江竹鈴，我喜歡妳，嗚……」

我望著對方臉上的白癬和人中上的濃稠鼻涕，不耐煩地問：「你喜歡我，有這麼痛苦嗎？」

「因為最後一天了啦，以後就看不到妳了……嗚哇——！」

因為討厭男生哭，尤其是嚎啕大哭，所以我乾脆說：「還好是最後一天，不然以後我每天都要看到你。」

曲聽到這，大笑出聲。望著他臉上的笑容，燦爛陽光，與澄金的朝旭光線相映，我整個心房都是飽滿的甜。

推開家門，我忍不住大叫：「阿嬤！我回來了。」

阿嬤在家裡看電視，聽到我的呼喚，連忙起身，迎接我大大的擁抱：「鈴啊，哩蹬來啊！」她摸摸我的臉頰，疼惜地說：「怎麼訕比巴？攏嘸呷奔喔？」

「有啦，怎麼沒有，呷就椎哩。」

明明沒有變瘦，但在阿嬤眼中，我永遠是被父母遺棄的可憐孩子，所以她始終認為我沒吃飽，以這種方式關愛我。

「誒？嘿洗向郎？」阿嬤發現站在我身後的文曲，驚訝地問。除了中學時曾有兩位要好的女同學來家裡玩以外，從來沒見我和男生同時出現的她，推了推老花眼鏡，發現居然是個男生，驚喜地大叫：「啊擱洗幾雷查甫！」

曲被阿嬤猛盯著瞧，搔搔後腦，靦腆地傻笑：「阿嬤哩賀！哇叫文曲啦。」

「賀賀賀，呷賀呷賀，呵呵呵……」阿嬤開心地笑開了嘴，用台灣國語高聲問：「你梭你要娶喔？那偶要先看看偶家鈴啊答不答應呀。」

文曲怔住！我也被雷轟到呆住！互望一眼，他的雙頰漲紅；我的脖子也猛然狂熱：「阿嬤！他說他的名字叫文曲啦，文章的文，歌曲的曲！」

「蛤？歌曲？伊蝸棲唷？」阿嬤一臉疑惑；我差點沒被雷昏！

文曲笑著從背包取出一個盒子，從其中拿出一個像小耳機的東西，靠近阿嬤說：「阿嬤，這個送妳。妳不要怕，我幫妳戴上。」然後很細心地幫她戴好，再輕聲說：「阿嬤，會太大聲嗎？」

「喔！聽有了啦，呷清楚內！」阿嬤眼睛一亮，綻開笑容說。

「阿嬤哩賀！哇叫文曲啦。」他再自我介紹一遍，這次不再提高聲調了。

原來他還記得我曾經提起阿嬤近年來耳背愈來愈重，貼心地用自己打工的錢買了助聽器。這樣我們三個都不用像在叫賣一般扯著嗓子說話了。

「哇，你的聲音渾好聽耶。」阿嬤開心極了，拉著他一同坐下：「啊你幾歲？住哪裡？你爸媽怎麼沒來？」

厚，阿嬤是怕我嫁不掉呀！真怕她又提那個字，趕緊制止道：「阿嬤，人家是客人，妳這樣會嚇到人家的啦！以後沒人敢再來了啦。」

「蛤？免驚免驚。」她不好意思地笑著，但抓著他的手始終不放；「我是一個很開放的阿嬤，不勉強，肖年郎到鼎，歡喜就好，呵呵。」

我原先擔心他會尷尬無措，想不到接下來，他居然可以和阿嬤聊了一個多小時，從日本時代聊到電視劇、從廟裡拜拜聊到黑鮪魚，讓平日孤孤單單的她始終笑得闔不攏嘴。

爸媽在我小三時離婚分居，遺棄我們；數年後哥哥也離家……

望著他們談笑的模樣，讓這個長年冷清的客廳滿是家庭的味道。超過十年了吧，這種塵封在兒時記憶的久遠味道，在這個時候居然重現……

眼眶裡不知為何，微溼。

曲啊，你的神奇力量來自哪裡呀？

——有時候，擔心是不是因為不了解啊？

學姊的這句話，讓我突然驚覺自己對於曲的了解，真的很有限。

他們聊到正午，文曲要我陪阿嬤聊天，他自告奮勇要煮麵給我們吃。

我從來不知道他還會烹飪，可能太過驚訝，竟然問：「你真的可以嗎？」

他笑笑，逕自走進廚房。不一會兒，裡面就傳來鍋碗刀砧的聲音。

我站在廚房門口，詫異於菜刀在他手中的俐落順暢：「小心唷，要我幫忙嗎？」

「安啦。」他回應道；給我一個愉悅的表情，完全看不出緊張。

「鈴啊，免煩樂啦，看起來伊加厲害內。」阿嬤笑瞇瞇地，也望著廚房。

「阿嬤，人家第一次來，就讓人家走灶腳，不太好吧。」

「啊妳跟他交多久了？幹嘛那麼生分？」

「才半年多而已。」

「那麼久了唷？口以了啦，口以嫁了啦。」

「阿嬤！嘜亂供啦。」

「蝦咪亂供？哇尬妳阿公只互看一眼，就嫁了內。」

「那是妳那個時候好不好。」

「那時候偶嫁了，才有妳阿公照顧呀，妳現在這時候嫁了，才有他給妳照顧啊。」

這時裡面傳來紅蔥爆炒香菇、蝦米的香味，惹得阿嬤深吸一口氣：「呵呵呵，厚，就滂耶！」

須臾，色香味俱全的香菇炒麵和番茄蛋湯就被他端上桌了。

我望著它們冒著熱氣，突然想哭。眼角竟然不聽使喚自動噙溼，我趁他去拿筷子湯匙時，趕緊抹去快流下來的淚水。

但是，當我們高興地開動、我吃下第一口時，眼淚竟不爭氣地又從鼻側淌流而下……

「怎麼了？很難吃嗎？」他嚇到，慌忙地問。

「不、不是，」我連忙搖頭，手掌在口邊假裝搧風：「是被燙到。」

「鈴啊，哩是嘸呷咂等嗎？倒倒啊呷啦。」阿嬤望著他起身去開電扇，喃喃自語：「想當初，哩爸爸也是很會煮哩……」

阿嬤的這句話像是壓垮心防的最後一根稻草，我跳起來：「啊，我吃飯前忘了洗手。」就衝進浴室，關上門，蹲在角落用毛巾摀住嘴，讓淚水任性的泛流。

爸爸原先也是顧家好男人，讓媽媽和我們感到超幸福的；他的高帥體貼卻招來諸多小三，他沒有拒絕，對每個小三都很好，結果就是媽媽對他的容忍一夕崩潰。他的選擇不是媽媽和我們，而是連魂都被小三勾走。媽媽也因而棄絕這段婚姻和家庭。我和哥哥的整個童年就這樣被遺忘了。這樣說來，男生如果無法忠於感情，他的優秀體貼是否是讓關係破碎的最大主因？

曲，你這麼優，這麼體貼，也確實有許多女生注意到了，所以……你會對我一直好下去嗎？我現在的幸福還有多久？

我怎麼覺得你愈對我好，你離開我的時間就愈近。

那一天的到來，我很怕。真的很怕。

我回座，期待他沒發現我的眼眶紅紅的。

他在聽阿嬤述說我小時候有多可愛時瞄了我一眼，以我對他的了解，他已經發現了。

午飯後，阿嬤照例開始度姑。我要她進房間睡，說文曲的媽媽還在等他。

阿嬤微笑說：「啊內就卡緊去啦，妳去人家家裡要乖，要禮貌，宅訝嘸？」

「栽啦。」

「阿嬤，啊內汶來去了。」他扶著阿嬤進房間。

「阿曲呀，我家阿鈴就拜託你照顧了。」阿嬤關上房門前，轉身瞇著眼對他說。

那一瞬間，他那謎般若有所思的表情乍現，旋即又恢復：「放心啦。」

到底，他是想到了什麼……還是，他並不想照顧我……

第十一話

去他家的路上，我們的話題都圍繞在阿嬤、我家和我的童年。

步入一條幽靜小巷，兩側的綿密大樹蔥芊蔭翳，讓人清涼沁心；原來他是在這樣的地方成長的啊。

「想不想去我學校看看？」

「嗯。」

他牽起我的手，帶我轉入另一條小巷：「小時候，爸爸是這樣牽著我的手去上學的喔。」

我望著他的側臉。為什麼他的側臉始終這麼好看。

「那時，我以為是可以永遠讓他牽著手的。可惜不是。有一天他為了幫助一個不認識的女孩，殉職了。」

父親是警察，在他小三時過世了，但我從未聽他提過父親是如何走的。

「那個女孩被她男友施暴，爸爸接獲報案前去處理，那男的失去理智，拿刀要往那女孩的身上刺，爸爸衝過去拉開他，兩個人扭打起來，他竟然把刀往爸爸的胸膛刺進去……」

我不禁摀住了口，想像當時的可怕情景。

他不想嚇著我，停了片刻才說：「所以，每當有人和我牽手，我都會想起那些日子，爸爸牽我的手上學的感覺。」

一間白槴子花盛綻牆頭的小學，出現眼前。他和門口守衛講了幾句，守衛對他微笑，讓我們進去。步過穿堂，我跑向操場邊的鞦韆。

他過來，邊幫我推著邊說：「所以，不要怪妳父親，至少他還在，對嗎？」

「那不一樣，他在，也不管我和哥哥的死活。」

「妳不曾想去找他、看他現在怎麼樣了嗎？」

「對於感情不專的人，我的原則就是不恥。」

「我的原則，就是讓我勇敢又有安全感的原因。」

「妳的原則，會不會就是妳沒有安全感的原因？」

「我喜歡妳的原則，它讓妳很可愛，卻又讓人心疼。」

「你喜歡我的原則，它讓你認識我，卻覺得我奇怪。」

「不會呀。妳知道嗎，有時候，我們是同一類的人。」

「真的嗎？你知道嗎，有時候，我不了解你的想法。」

他從背包取出手機：「不信啊？拍下來妳自己看。」

他對著我拍了幾張，等鞦韆停了，又和我合拍了一張。

他把照片秀在畫面上給我看。我們都笑得很開心。

「但是，這怎麼看得出來我們是同類的人？又怎麼看得出來你的想法？」

「我們都在對的位置上呀，而且，妳一定會看得出我的想法，只是時間還沒到而已。」他笑得燦爛。

我們走在校園裡，他跟我說哪間是他以前的教室，哪裡是他小一時，被老師安排牽同班女生的手跳大會舞的地方。

我靜靜聽著，不時望著他回憶往昔的樣子，心裡在對自己說：這時的他，這樣的表情，我一定要永遠記得。因為，也許，很快就會看不到了……

「午餐前，妳為什麼哭？」他話題一轉，我措手未及，只能怔住。

「沒、沒什麼…只是，忽然想起家裡已經很久沒有我和阿嬤以外的人在一起吃飯了，一時感傷……」

「喔，我還以為炒麵太好吃了，妳感動到落淚呢。」

我一掌往他手臂打：「想不到你也會自誇呀！」

他搔搔後腦，笑著。

曲啊，你不是會讀我的心嗎？怎麼會不知道我哭的真正原因呢……

巷尾的黑斜瓦頂小屋被橘紅磚牆圍住，有蓊鬱的樹蔭竄出牆外。原來，這就是他家。哈，童年的小曲不知長得怎樣呢。

進門，喚了幾聲，他在各房間尋找，屋內沒人。我跟著他，發現屋內窗明几淨，客廳桌上水瓶裡的茉莉花還飄出淡雅的清香。

他進自己的房間，仍然不見媽媽的身影；用手機聯絡，才知道她今天加班，要晚一點才能回家。

「這是你的房間？」我問。他的臉卻突然刷紅。我取笑他：「喔！抓到了齁，偷藏A片對不對？」

「不是啦……第一次有女生進自己的房……」

「你媽媽、妹妹不是女生唷。」

「那不一樣嘛。反正，很久沒打掃了，很亂啦。」他到窗邊拉開窗簾，讓陽光灑進屋內。屋內的情形，讓我嚇一跳：「厚！哪有男生的房間這麼乾淨的啦！喂，你事先請你媽打掃的齁？」

「呃……我們家是媽媽主外，我和妹妹主內耶。」

「那你叫你妹先回來打掃的？」

「妹妹在台中念大學，只有放長假才會回來。」

他很認真地說，害我原本想鬧他的哏一下子全忘光了……那，也未免太整潔了吧！害我坐在他的書桌前，都擔心把椅子弄歪了。他是一個很自律的人，這是我又一個新發現。

書桌上整齊地排放著書、筆筒、電腦、小時鐘……咦，還有一張照片。

我拿起相框：「這是你小時候？」

「嗯。小時候和媽媽、妹妹去西子灣看夕陽時拍的。」

「你那時候好可愛唷！妹妹笑的時候跟你一樣有小虎牙……啊，你媽媽很有氣質吶！」我像發現寶藏般低聲尖叫道。

「我現在也很可愛好不好。」他湊過來望著照片說。

「是啦是啦。」靠得很近，他身上溢著洗衣精的淡淡橘子香，害我脈搏忘了跳兩拍。

他從書架下方取出一本相簿：「想看的話，這裡還有更多。」

「好啊好啊。」我接過。為了方便打開讓兩人一起看，我往床沿坐。相簿裡都是他小時候的照片。我指著頭頂被抓出左右兩支衝天炮辮、大眼黑瞳流露出疑惑的小男孩大笑：「哇，你小時候居然也有這種裝扮！」

「我媽媽超愛這張的，當時的我可是穿的咧。」

幼稚園的他，圍著小兜兜，超級粉萌。小學裡的他，都是小害羞，很惹人疼。

他述說著每張照片的故事，我偷望他，想把照片裡的小孩和身邊這個大男孩連結，企圖理解小時羞澀內向的他如何會蛻變成如今的他……他的手臂靠著我的手臂，腿側倚貼我的腿側，回憶時專注的表情，就在眼前咫尺，講話的聲音卻愈來愈遠……

「交往快半年了還在牽牽？妳蝸牛唷！」

「君子？是沒那麼喜歡妳吧？」

「很喜歡的時候，會不想親密一點？沒聽過情不自禁嗎？」

「這個時候四下無人，總該來點什麼了吧？」

詩雅和芫媛化身為兩隻小惡魔，在我耳邊飛來飛去低聲喃語著……對厚，現在真的是四下無人耶，而且，我們也是孤男寡女，如果照偶像劇的劇情走，現在應該來點什麼呢……

「妳……」驀然，他停住了話，轉臉看著我。

「曲……」心臟是怎樣？幹嘛胡亂猛跳，快不能呼吸了啦！

「嗯？」

「……」臉已經火燒到不行。我緩緩闔上眼，微仰著頭……

「屋裡很熱是嗎？忘了幫妳開冷氣。」他居然起身拿遙控器。

「謝……謝……」

他又坐回我身邊，繼續指著他去參加妹妹國中畢業典禮時，全家人一起的合照，開心地說著當天的情形。

我挽起他手，逼自己專心聽他說，聽他說……

聽曉雨說，一壘是牽牽，二壘是親親；我們好像始終停留在一壘，然後就有妖女想要來盜壘，會是因為關係一直沒有進展嗎？聽詩雅說，這樣是因為你沒有那麼喜歡我，如果真的，那你喜歡我的程度到底是……

「曲……」頭斜倚在他肩上，不自覺低聲輕喚，緩緩闔上眼，嘟起唇……

幾秒的靜默。他沒有說話，也沒有任何反應。

「如果妳累了的話，可以小睡一下。」

我不累我不累我不累，我要的不是睡覺，我的意思是、是、就是……唉喲，你怎麼忽然不懂人家了啦！

捱？小睡？該不會是想，直接……三壘……啊，完了，心臟已經失速了！

我窘得發愣，不知該點頭還是搖頭，臉頰一定尷尬得超級霹靂紅。

「一早就搭車回來，妳應該累了吧？妳不要怕，我媽媽不會這麼早回來。」

蛤？真要睡？人家不是怕，不，也不是不怕，只是、只是想說……到底怎麼說？這、這能說嗎……

看著他認真的表情，兩腳拇趾不自覺緊縮，我冏兮兮地像蚊子般問：「那……你咧？」

「我——」手機響了。他起身去接。

長吁一口氣，緊張後的放鬆真是可貴。我大字形地往後躺。他的床真溫軟。

他媽媽來電說，回到家要七點了，要他先準備晚飯。

他對我笑笑：「妳先小睡一下，我去準備晚飯。」就飄進廚房了。

所以，我的春——神來了怎知道梅花黃鶯報到梅花開頭先含笑死人的夢，就這樣醒了。

但我真的睡著了。

一直想著曲那個若有所思的表情，到底是什麼原因。在他房裡瞄來瞄去，這個房間裡，除了桌上照片有媽媽和妹妹外，沒有其他與女生有關的東西，連穿著清涼的女星海報都沒有一張。我懷疑他到底有沒有經歷過青春期。

想起有一回聊到國中生活，他提到在國一時，班導師要求大家要寫日記，每周交閱一次；他因此養成了習慣……忽然我的頭頂上長出兩隻角、嘴角邊生出小獠牙。嘿嘿。

我拉長耳朵，聽到廚房裡傳來他跺跺跺切菜的聲音；嗯，然後開始躡手躡腳拉開他書架下方的抽屜……結果只找到一本。我提心吊膽，翻了幾頁。說真的，單純的高中生活在書本考試、上學放學的枯燥循環裡，值得記錄的心情真是很難想像。但他居然每頁都寫得滿滿。引起我注意的，是他在那年的九、十月。這兩個月的日記居然被撕掉了！

九月前最後一次的記錄，是八月三十日。當天只記了一行：

「收到了她的紙條。我該不該去？」

她是誰？我往前翻，內容盡是讀書心得、同學相處、自我期許、考試結果，完全找不到其他線索。往後翻，因為九、十月被撕掉，接下來的十一月一直到年尾，再沒有任何「她」字出現。

她是誰？那年秋天，他和她發生了什麼事？紙條上寫了什麼？他去了沒有？我把日記放回原位，躺在床上思索這些無解的問題，甚至想像那個她是什麼模樣。

曲，如果可以，我該如何參與你的過去……想著想著就睡著了。

朦朧中，媽媽來到床邊，撥撥我的瀏海，柔撫我的臉頰，憐惜地輕聲呢喃：「可憐的孩子，妳受了不少苦吧？」我搖搖頭，用力握住她的手，這次，我不能再讓媽媽走。我趕緊起身想要靠近她，但是她翩然退後，轉身就離開。我奪門而出，門外是一大片沼澤，令人打顫的冷風又急又大，吹得我睜不開眼，想叫喊，卻發不出聲音。拚了命地追，媽媽卻愈飄愈遠，連頭也不回了。心愈急，步伐卻愈沉重，一個踉蹌，我踩了空，跌落一個深暗不見底的幽谷，驚駭的我大叫救命。我兩手亂揮，企圖抓住些什麼，但是除了墜落還是墜落，永無止境地墜落……混亂中，一雙強有力的臂膀倏然抓緊我，讓我止住了跌落，我死命地挽住，往上看見，黑色的形影面向我，身後的陽光映照，讓他像個發光體，帶我緩緩浮升。他的肩頭上，徐徐展現一雙白色的翅膀……

「曲！救我！不要離開我……」我不顧一切地抱緊他，深怕再次失去、再次墜落……救我！不要離開我……

不要離開我……

不要……

為什麼你要離開我……

這比媽媽遺棄我更可怕……

夢囈與迷亂中，我猛然睜開眼，發現自己仍然躺在曲的床上。

我緊抱棉被，雙手抓著什麼，噩夢讓自己滿額冷汗。

「可憐的孩子。」一個溫暖的身影在床沿，輕擦我額上的汗珠，讓我一顆劇烈跳動的心逐漸緩和下來。

她看著我，笑著。那笑容，如春陽煦日的溫暖，似夏日微風般舒柔。

我坐起身，愣著。我的手，被她溫厚手掌握著，小尷尬地緩緩縮回。

「醒啦？妳是竹鈴吧？」

捱！她是……照片裡的人？也就是我未來的——呃哼，也就是曲的媽媽？第一次見面，居然就讓她看到我的睡樣？哇！剛剛有沒有流口水？睡姿有沒有很淫蕩？有沒有胡亂說夢話？有沒有磨牙打呼放屁？有沒有、有沒有？這麼糗的我怎麼不跌下床一頭摔死算了。

臭文曲，他媽媽回來了居然沒有叫醒我！

「鈴，吃飯了——咦，媽，妳回來了？」他探頭進來，才發現媽媽已經進屋了。

我們三個坐在餐桌前，桌上的五菜一湯又熱又香，讓我又愣住了。

啊我到底是昏睡了多久？我瞄一眼牆上的鐘，忖量了半晌……

誒，大約只半個小時光景啊，就能做這一桌的菜？

曲，你好厲害喲……我忍不住給他一個崇拜的眼神和滿意的笑容。

他瞥我一眼，顯然接收到了我的心意，卻靦腆地抓抓後腦，傻笑。

「竹鈴，來，多吃一點。」曲媽夾了一塊雞肉放在我碗裡。「妳第一次吃小曲煮的飯飾？」

小曲？原來媽媽對他的暱稱是小曲。

「中午是吃他煮的麵。這是第二次。」

「妳知道嗎，他第一次煎蛋，居然煎出一個黑輪蛋唷。呵呵……」

「就是焦黑得像個小輪子的荷包蛋啦。」見我表情疑惑，他邊解釋邊傻笑。

「而且他不服氣，說什麼誰說蛋的顏色一定不能是黑色的？還硬把它吃下去，苦得要命也不敢吐出來，呵呵……」曲媽笑著說。

「你也有這麼逞強的時候啊？」

「他呀，對於自己認為對的事情，總是固執地一定要完成，即使逞強也要。」

「誰小時候不是比較幼稚。」

「那是你幾歲的事？」擇善固執？和我一樣。

「妳說吃黑輪蛋呀？我早忘了這回事的。」

「小學三年級啦。」曲媽又夾了洋蔥炒蛋放我碗裡，「那時候他爸爸剛過世，我忙著四處找工作，他就自告奮勇要煮飯給妹妹吃。結果米飯沒熟、芹菜葉沒拔、連蛋都煎到黑。」

小三？那年我家也發生事情。

我吃了一口洋蔥炒蛋：「可是他現在可以炒得這麼好吃？」

「嗯。所以呀，很多事情，不好的當成教訓，好的當成經驗，我們才會成長。」

誒，話中有話唷，曲媽是在說什麼嗎？……

驀然，我發現曲在好多地方都和我很像；但是，他好像學得比我快。

所以，他的位置比較前面？

我了解他的時間還沒到嗎？

「妳常常做噩夢嗎？」我幫曲媽盛湯，還特別多舀一朵香菇；她接過碗問。

「啊……」腦袋突然一片空白；是剛才睡覺時說夢話被她聽到嗎？

「曲以前也經常做噩夢，他——」

「媽！」咦，為什麼阻止……

「是啦是啦，過去就讓它過去。那你要好好照顧人家竹鈴嘛，讓她不要再被過去影響。」

「我知道。」

嘿嘿，連曲媽也叫他要好好照顧我耶。曲媽，妳好慈祥溫暖，我以後一定會好好孝順——呃，桌邊兩雙眼睛盯來，我才驚覺自己在偷笑。江竹鈴妳真丟臉！女生要矜持一點知不知道？在暗爽什麼？我趕緊夾一塊紅燒雞：「呃，伯母，妳也吃一塊。很好吃。」

「哦，好乖。」

望著曲媽笑得瞇成一道彎月的眼，我和曲也不由得笑了。我們聊阿嬤、同學、打工……說說笑笑的聲音在這間小屋子裡融融飄飄。

和家人圍在桌前共享晚餐的氣氛好好喔。超幸福的。

當下，什麼妖女、照片、流言、失落，都被我拋到九霄雲外去了。

晚餐後，我和曲跑到海邊的沙灘上看星星。

聊到我的阿嬤，他說阿嬤很可愛。

聊到他的媽媽，我說媽媽很和藹。

我扮鬼臉模仿他吃黑輪蛋苦到爆的樣子取笑他。

他騷我癢處罰我的頑皮，害我一直笑，肚子痛到不行。

在海風的輕拂中，我依偎在他身邊。

他從背包裡取出的仙女棒，讓我有小小的驚喜。

仙女棒噴出炫亮火花，讓只有我們的海邊有了熱度與亮度。

他再從背包裡取出的望遠鏡，更給我大大的驚嘆。

流星雨閃射壯麗飛越，讓只有漆黑的天幕有了精彩與心願。

如果王子和公主從此就能過著幸福快樂的日子，不是很好嗎？

童話裡，故事走到這裡不是就該讓人心滿意足的闔上書了嗎？

偶像劇劇情至此，應該就是女主角依偎在男主角的懷裡，兩情相悅，然後彼此慢慢靠近，緩緩閉上眼，女主角準備迎接男主角最深情的一吻，這時甜蜜感人的配樂出現，「The End」的字幕就該上了，不是應該這樣嗎？

但是上帝啊，為什麼您老人家開玩笑，老愛找我江竹鈴呀？麻煩您下次去找別人好嗎？

身邊包包裡，手機傳來簡訊鈴聲。我打開來瞄了一眼，就突然覺得吹在身上的海風，不知為何變冷了。

曲買飲料回來，我說有點累了，想回家。

所以，他沒有吻我，甜蜜感人的配樂也沒有出現。

第十二話

「你幹嘛一直傳照片給我？」

「就算妳怪我，我也要告訴妳真相。」

「真相是什麼，你真的知道？」

「任何人看了都知道。」

是物以類聚嗎？我不可思議地望著他。自己是個固執的人，怎麼連直屬學弟也是個死固執的人？真的是磁場相近所以相吸嗎？

我用力攪著吸管，杯中的茶已被轉出小漩渦了。

「本來我很怕學姊會受傷，一直很小心翼翼，甚至禁止身邊的人說長道短。但是現在發現，除了學姊妳自己，沒有第二個人認為妳不會受傷，大家都認為妳只是逃避現實而已。這樣，有一天妳會傷得更重，所以我決定做那個不討喜的傢伙，提醒學姊，不要再沉迷下去。即使被學姊討厭了我也要做這個黑臉。」

望著他認真執著的表情，原本要發作的火氣只得硬生生壓下去。

「學弟，我知道你為我好，但是感情的事，我自己會處理，好嗎？」我望著手機上，是在高雄海邊那晚，他傳寄給我的照片。「這照片你哪裡來的？」

照片裡的文曲笑得很開心，身邊還有一個我從來沒見過的女孩。紅色心型耳環，在長直髮的耳鬢閃閃發光，眼瞳真的很黑很大。

「網路上到處傳，下載就有啦。學姊，考慮離開他吧，趁妳還有理智的時候。」

離開？心冷了一半。

學弟對於感情的專一原則，還真像我。我想起靜恬說過，他要用今生全部的愛，來愛一個人。聽來肉麻噁心。但是，還真熱血呢。

不過，喜歡上一個人，離開喜歡的人，從來都是身不由己的。

學弟呀，你遇上的時候，希望你還是如此熱血吧……

還是不想面對，所以轉移話題：「少軒你呢？聽說你最近有喜歡的女孩了？」

「聽誰說的？」

「你們班誰最大嘴巴你會不知道？」

晚上睡前和室友聊天，最近她們的話題從班上的八卦轉移到學弟妹的八卦，曉雨說聽靜恬告訴她，大一的蔡仁傑與林婷瑩在聊天時提到呂少軒最近神祕兮兮的，身為室友的蔡仁傑認為他一定有戀情了才會如此。

「一定又是鱷魚傑。」鱷魚？嗯，嘴夠大。

「管誰說的。老實招來。」慶幸自己成功轉移話題。

他望著我，靜默了數秒，下定決心似地說：「學姊不喜歡不誠實，對吧？」

「對。所以，不准隱瞞，快說！」奇怪，這傢伙好像對於我的執念個性頗了解似的。

但我對他好像沒那麼熟嘛。

「可是妳卻容許他對妳不誠實……」

我板起臉，舉拳作勢要搥他：「敢再說我！」

「好啦好啦。」他作勢要躲，一臉無辜表情惹得我笑出聲。「其實，我真的遇到一個女生，還蠻喜歡的。」

「是誰是誰？」

他竟然欲言又止，應該是害羞吧。「你們班的嗎？」

他搖搖頭，想了一下：「學姊，我只讓妳知道的唷。」

我比了個封口的手勢：「放心，我守社工倫理的，為案主保密是基本操守。」

「她是個很有個性、很有想法的女生，很善良，總是喜歡幫助別人。而且很認真，不管是功課或是人際關係。」

咦，這種個性是我最喜歡的。

「原來王靜恬是這麼可愛的女生。」

「誰說是王靜恬？」

「那不然是誰？我認識嗎？」

「妳一定認識……」他吸了一口可樂，「她外表很吸引人，最吸引我的，是她對於自己認為對的事，就會變得很倔強，這也就是她很有個性的地方。」

「學弟，我欣賞你，觀察別人不是從外表，而是從她的內心。」

他聽我這樣說，眼睛一亮：「我……這是跟妳學的。」

「少狗腿了。」話雖如此，我認為自己這樣判斷人的原則，是絕對正確的；學弟能受我影響，做出正確的選擇，還能找到傾心的對象，無論如何都是好棒的事，所以我笑得很開心。

「我是說真的。」他急忙強調。

我搖搖手：「隨便啦，重點是，你到底約她了沒有？」

「約了幾次，但都不是正式交往的那種約會。」

「唔，因為還沒有正式告白，對吧？要有勇氣呀，你是男生。」

「我認為……她可能不會喜歡我。」

咦，我明星般的學弟居然會這樣說？看來遇到真正喜歡的人，那種患得患失的心情，任何人都一樣嘛。

「你條件不錯呀，這麼沒自信？」

他搖搖頭，苦笑。我女俠的細胞不知不覺又活化了：「要不要學姊幫你？」

「妳肯幫我？」他好像很意外的樣子。

「什麼話？你不知道江竹鈴有社福系最美女俠之稱嗎？」說完我自己格格地笑了出來。見他也笑了，覺得氣氛輕鬆不少，我才收起笑容：「搞笑胡說的，可別給我亂傳。」

「不會呀，我覺得這個稱號很適合妳。」

「鬼啦，我知道你有求於我才這麼狗腿，不必這樣，自己的直屬當然義不容辭。說，要學姊幫你代送情書？籌畫告白場面？還是向她要電話？」

「暫時還沒想到。」

上課的鐘聲響起。我起身，拿起他還我的心理學筆記：「這筆記你印完了？好好念，期中考一定高分趴斯。」

「學姊——」他還想說什麼，曉雨在身後喚我的聲音，打斷了他。

我回頭望向曉雨和子謙：「等我一下。」

我再望向他，發現他臉上寫著奇怪的模樣。不過上課已經遲到了，我只好說：「有什麼事打電話或傳訊再說吧。」

從大雅餐廳往大恩館教室的路上，曉雨問我：「妳學弟找妳幹嘛？」

「還我東西，順便請我吃午餐。」我晃晃手中的筆記本。

「喔。所以，他……」曉雨期期艾艾，「他……沒說什麼吧？」

「說什麼？」

曉雨歪著頭想了一下，才緩緩說：「算了。沒什麼啦。」

我望向子謙，他很快迴避我的眼神。

我說：「你們兩個，好像神神祕祕的？」

他們倆互望一眼。子謙對曉雨說：「我覺得妳多疑了啦。」

「哪有？」曉雨嘟起嘴，不服氣回道：「你們男生都是反應遲鈍。」

「像我學長對我很不錯，如果聽到有人批評學長，也是會很生氣呀。」

「那不一樣。」

「有什麼不一樣？」

「誰叫你老愛打線上遊戲，連觀察人際關係變化的能力都退化了。」

「有這麼嚴重嗎？」

「連和我心靈相通的能力都沒了。」

「意見不一不等於我能力殘障好不好。不然依妳的邏輯，竹鈴也是反應遲鈍、能力退化嗎？」

「主竹喔？有些事她因為固執，所以也會遲鈍。」

我反應遲鈍？這……最知心的曉雨居然這樣說？我思忖半晌，大概知道她和子謙在爭執什麼了，就自以為是地說：「我知道啦，妳是說大家都在懷疑文曲劈腿的事？」

「我是在說呂少軒懷疑文曲的事。」

講起這件事，矛盾複雜又像白蟻般開始啃蝕心情。我沉默了。

「主竹，妳也開始懷疑他了對不對？」進教室前，曉雨低聲問我，語氣裡有些許的不滿。

已經到了教室，所以這個話題就打住。但整堂課我都神不守舍的。

我知道曉雨對文曲很有信心。上星期從高雄回來的第二晚，詩雅和芫媛外宿，房間只剩我們倆。她也是主動和我討論這個問題。我閃躲著不願面對，她竟堅決地說：「不管，反正只有和文曲在一起，妳才會有幸福；妳和他才是最速配的啦。」

我有時會想，不知她哪來的信心。對於文曲。

也許是因為她知道我和文曲認識的過程，覺得那樣是很浪漫的緣。

但是，浪漫的緣，禁不禁得起風雨的考驗呢？……

下課後溜到慈幼社社辦。聽說今年最重要的活動是向企業募得一筆公益金，要帶育幼院的孩子們去戲院看迪士尼的卡通電影。社團幹部這幾天都密集開會討論活動流程。

「竹鈴，妳要報哪一組的？」負責登記報名表的學姊問我。

「當然是和小草莓一組啦。」

「那就登記在這裡囉。」她指著我認扶的孩子小草莓的那一行說。

這時我忽然發現一個名字：「咦，呂少軒？他也加入我們慈幼社？」

「他說他是妳的直屬學弟？」

「是啊。」想不到學弟也很有愛心呵。我掃瞄了一下，車子還有位子；我把文曲的名字寫在我的後面。

學姊笑著說：「他是妳男友？」

「妳……怎麼會這麼認為？」

「他跟妳不同系，上次卻跟妳一起出現，現在妳又直接幫他報名——喂，難道妳以為不正式宣告，別人就看不出來嗎？」

我聳聳肩，不置可否。原來，情侶是有一定的特徵，即使沒有牽手出現在大家面前，仍然一看就知道。

散會後，我手上拎著四個便當回大慈館。途中，我傳簡訊給曲，告訴他我替他報名的事。曲傳回給我：

小草莓好可愛，好想趕快看到她。

第一次帶他去育幼院，小草莓初見到他，還因陌生而露出警戒的神色。但他蹲下身，牽起她的手，輕聲地說：「妳好可愛。」她馬上就露出笑容。

我來看小草莓十幾次了，她笑得這麼開心還是第一次。

曲不僅懂我的心，連小孩的心他都能神奇地懂。

「葛格想送妳一個凱蒂貓好不好？」

當他從背包裡取出粉紅色的凱蒂貓，小草莓先是愣住，居然不是開心地接過，而是望著我：「江姊接，是妳跟他說我想要的嗎？」

換我愣住：「沒、沒有呀。」

她張大了眼睛望著曲：「你怎麼知道的？」接著緩緩靠近他、抱住他，彷彿做夢般喃喃道：「怎麼知道我想要的？」

我和薇薇學姊奇異於她怎麼會有如此不可置信般的反應。

曲把貓玩偶塞給她，她這時才露出歡喜的笑容抱著貓偶：「謝謝。」

想到這，我不禁開始期待這個活動日能快點到來。

才靠近寢室門，就聽到裡面的人在爭論著什麼。

「他絕對不是這樣的人！」讓我停下腳步的，是平日天真可愛的曉雨，語氣居然會這麼激動。

「妳怎麼知道他不是？」質問的人是詩雅。

「主竹說他不是，他就不是。」

「固執鈴的死腦筋，不過是自欺欺人。連妳也相信?真是好傻好天真。」

我聽懂她們在吵什麼了，我推門進去：「吃便當囉。」

她們三個靠過來拿便當。剛才話題無人再提，完全不留痕跡，彷彿我撞鬼。

「剛剛妳們聊什麼？」我打開便當。

沒人回應我。

夾魚排的夾魚排、開飲料的開飲料。她們吃的是我買回來的東西沒錯，這景象確認我還活著，她們也都能呼吸。

我把自己便當裡的雞腿夾起來放進芫媛的便當裡，她盯著雞腿，眼睛睜好大：「她們兩個在說妳和文曲的是非。」

「喂！妳一開始也說得口沫橫飛好不好！有得吃就出賣朋友。」詩雅罵道。

「我哪有？」她往雞腿上狠咬一口。

「喜歡文曲的女生一堆，喜歡竹鈴的只有一個，敢說妳剛剛沒這樣說雞魂晚上就來找妳！」

雞魂？芫媛一聽，口裡的雞肉吐也不捨、嚼也不是，整個人愣在那不知該怎麼辦。

我把飲料遞給她：「喜歡竹鈴的是哪一個？」

詩雅和曉雨起身作勢要阻止——

但芫媛的個性與食量都超樂觀，接過飲料就毫無心機與防備地脫口：「呂少軒呀！」

誰？她說誰？

是誰從背後偷給我後腦一棍嗎？還是天外飛來一道霹靂雷轟？不然我整個人怎麼快昏倒了！

我深呼吸，恢復鎮定，兩手抑制住要往她脖子掐過去的衝動：「妳、在、胡、說、什、麼……」

「要是胡說也是詩雅說的，不是我。她先說了一堆，我不過是把她說的下個結論而已。」

我冒火的目光射向詩雅：「妳們亂說我和文曲的八卦就算了，還把我學弟也扯進來，太瞎了吧！」

向來對我的原則嗤之以鼻的詩雅冷笑道：「面對自己男友變心視而不見，面對自己學弟傾心也沒發現，瞎的應該是妳吧。」

「我的事自己會處理，不用妳瞎擔心。」我強忍怒火，語氣卻毫不客氣。

要是平常，她一定話刀語針地再刺過來。所以，預期免不了又是一場口角，我心裡做好準備，要好好訓斥她一頓——

想不到……

「竹鈴，我是真的關心妳。妳可以不信網路上那些文曲被拍的照片，因為妳喜歡他。但是依我的觀察，呂少軒看著妳的時候，可不是一般學弟的那種眼神。」她的態度認真，語氣溫和，完全沒有八卦與不屑的成分，這反而讓我手足無措起來：「不信妳可以自己去求證一下。」

「他不過就是我的直屬學弟……能有哪種眼神？」我咕噥自語，怎麼也想不起來呂少軒什麼時候有不同的態度。

「妳不覺得他經常為妳打抱不平？」

「這樣就算喜歡？」我大放鬆，夾起便當裡的高麗菜。

「妳不覺得他打抱不平時，語氣特別激動？」

「我們是俠客家族，家族成員都很有正義感，行俠仗義時特別熱血，激動算什麼。」

我把高麗菜嚼得格格作響。

「妳不覺得他打抱不平時，語氣特別激動，激動的原因都是因為文曲？」

「喔，因為他誤會文曲是個劈腿的人。如果是我的學姊被人欺負，我也會生氣的吧。」

「單純行俠仗義會點歌向妳告白？」

「哈哈哈哈，怎麼可能，哪有人一邊行俠仗義一邊點歌告白……搓？」震驚與震懾嚇得我手中的筷子竟然被震到地上：「妳……怎麼知道的？」

詩雅終於露出得意的表情，不說。

「她是營火晚會唸點歌卡的人呀！」曉雨嘟著嘴，不滿地說。

「妳妳妳妳向他求證了？」震撼與震慄讓我變結巴。

詩雅露出白目的表情：「他雖然沒承認，但也沒否認呀。」

「那，那就是說，妳自己猜的嘛。」我給她一個白眼。

「妳的事就自己處理吧，我不想瞎操心啦。」

詩雅一副等著看好戲的嘴臉，好討人厭。

我打開電腦趕報告，叫自己把詩雅剛剛說的事忘掉。

呂少軒……他點哪首歌啊……？

第十三話

我望著螢幕上的電子郵件，是曲寄給我的。

信裡說撥手機不通，猜想我的手機沒電了，但知道我晚上睡前一定會上網逛一下，所以寄電郵比較快。他說臨時要去台南找一個人，已經在火車上了。

找誰呀？走得這麼匆忙。

我拿起手機換了電池，按下他的號碼，結果換他的手機沒電了，轉接語音。

不知為何，我竟然想起小時候，父親也是這樣不告而別。

無預警地，就這樣悄悄然離去，只留下擔憂失落與傷心。

這時我的筆電傳來死該甏有人敲我的聲音……居然是呂少軒。

「學姊救命。」

「怎麼了？」

「社會學老師出了一個題目要交報告，找了很多資料還弄不懂。」

「上課要專心，不要玩手機。」社會學不難，大一時我成績還蠻高分。

「和班上同學討論，大家都一知半解。是老師的表達能力爛，不是我們的理解能力差。」

「什麼題目啦？」

「從微觀社會學中之符號互動，論感情關係中之不平等現象。」

「買尬！果然很難。我記得社會學老師很耐斯的啊，怎麼會出這種題目。」

「救命啦。學姊能出來教我嗎？」

「可是這題目哪能一下子說得完呀？」瞄向書架上的時鐘，十一點多了。明天是我生日，曲說要帶我下山為我慶生，今晚打算早點睡的……

「求求妳、求求妳、求求妳、求求妳、求求妳……我馬上去找妳。」

「不行，頂多把我的社會學筆記借你。」

「哇（哭哭踢腿）！我資質駑鈍。女俠學姊，N個求妳了，給妳跪了啦。」

我望著游標，手指停在鍵盤上不動。

「好無情，自己的學弟已經快要跪了，妳還不幫他？」詩雅不知何時在我身後偷看我們的對話，突然出聲，嚇我一跳。

「聽我學弟蔡仁傑說，他們班很多人都在說妳學弟很可憐。」躺在床上的芫媛也放下手中的言情小說，探出頭說。「他說班上很多人的學長姊都很照顧學弟妹，只有竹鈴學姊好像很少出現。」

「像我啊，只要有好吃的一定拿一份分享給學弟，學弟生病了，我都會帶他去看醫生。竹鈴，妳好像都不會吧？」

想不到看似懶散的芫媛，居然對她學弟這麼好，相形之下，自己就……

「我對我的學妹婷瑩也很好呀，還一次介紹三個帥哥讓她選，看她要找誰當男朋友。」詩雅的語氣裡有不屑的味道，「不知是誰老愛以女俠自居的齁？」

曲說的慶生是中午以後，那今天稍稍晚一點睡，應該也還好吧……

「好啦好啦，我知道錯了嘛。」我在鍵盤敲下：

「好吧，約在哪裡？」

把筆記和大一時搜集的社會學資料緊抱在懷裡，我頂著刺骨的北風，心裡想著待會兒要如何解釋社會學上的符號互動、不平等現象。

「學姊，真不好意思，這麼晚還麻煩妳跑出來。」他一臉歉意。

「沒關係。」我側坐上機車後座，「下次有問題要早一點問。」

「嗯。」他發動引擎，往校外騎。

雖然租屋處離學校很近，但他堅持要來載我。

「學姊，妳可以攬住我的腰比較安全。」

「蛤？呃……不用了。」我抓緊了椅墊後方的鐵架。

「那我騎慢一點。」

抵達山仔后的一棟公寓，我們上三樓到他租的房間。房間是和蔡仁傑合租，但他說蔡仁傑跑到女友那裡去了。

他的書桌靠在一扇落地窗旁，透過窗可以看到整片山巒的星空，景觀不錯。

看我手掌互搓生暖，他端來一杯熱桔茶給我。

我坐在書桌旁，翻筆記和資料，開始找可以寫的東西告訴他。

他聽著，和我討論著。聽到重點時還立刻寫進報告裡。

幾次，他想要看清楚我筆指著的重點，會靠得比較近。

這時，不知是敏感還是錯覺，我覺得他身上有橘子香。

須臾，我發現他被窗外的什麼吸引住，沒在專心聽我講。

我順著他的目光往外看：「……你在看什麼？」

「走！」他突然起身拉著我的手往屋外衝。

我被他拉得莫名其妙，無法反應，只能身不由己地被拉著往樓上跑。

天台的門被推開，一陣寒風襲面，我不自覺打了個冷顫。

「學姊，妳看！」

他指著幽黑的天幕，上面掛著繁星點點，東邊天際好幾條晶亮如鑽的銀線劃過——

「啊！」我尖叫道，「是流星雨！」

「學姊，我們快許願！」

我低頭雙手合十……因為太過驚喜和突然，我許的願望居然是：讓我可以吃到熱的黑輪蛋和洋蔥炒蛋！

唉，什麼跟什麼嘛，白白浪費一次許願的機會。

「學姊許什麼願望？」他柔聲問道。

「蛤？喔，不能說，說了就不靈。」第一次感到許願也會讓人沮喪。

「我許的願望有兩個。第一個是希望學姊生日快樂！」

「咦？」

我望向黑暗中，熒熒火光乍現，他趁我許願時，不知從天台的哪裡推出一個小檯子，上面放著一個點著蠟燭的生日小蛋糕！

「祝妳生日快樂、祝妳生日快樂……」他輕輕唱起〈生日快樂〉歌。

「你……」我驚訝地說不出話，望了一眼手機，上面的時間已經是十二點過一分了。

等他唱完，我抑制內心的驚喜與複雜：「謝謝、謝謝。」

「快許願呀！」

唉呀，想不到還可以彌補，這回可要認真了：希望和曲可以長長久久。

睜開眼，我吹熄了蠟燭。

望向他，他手抱著花束。

突然間，發現他今天的髮型。很像某個人。

橘子味、看星空、小小驚喜、輕聲說話，都很像某個人。

「謝謝。」我接過花束；忽然想起詩雅的話。

「學姊許什麼願望？」

「希望世界和平，人人幸福。」

他笑出聲：「需要這麼偉大嗎？」

「開玩笑啦。其實是希望有情人終成眷屬，沒情人的也能找到有情人。」

「這樣比較像妳會許的願望。妳知道我許的第二個願望是什麼嗎？」

「我不會讀心術，你不講我怎麼會知道？」

「我的願望就是，希望妳的願望成真。」

「喔，感動吶。也就是說，你也希望自己和對方有好的結果？」

「嗯，學姊很了解我。」

「不，我很不了解你。」手中的玫瑰花飄來俗艷的香氣，「我都不知道你的對象是誰，怎麼了解你？」

「我有跟妳描述過她呀。」

「你跟我描述的是她嗎？」

他愣住幾秒，隨即恢復原來的自信：「我就說學姊很了解我，果然沒錯。」

「你知道我已經有男友了。」

「我知道妳快沒有男友了。」

「就算如此，你的那個她，也不會是我。」

他的瞳孔瞬間放大，只差頭髮沒直豎起來：「為什麼？」

「你很用心，曲的髮型、氣味、溫柔，給我的感覺，都學得很像。但是，你還是穿幫了。」

「這一切不都是最吸引妳的嗎？」

「這束花。因為曲從來沒有送過我花。」

「這、這就是我跟他不一樣的地方呀，我對妳不會像他對妳那樣不專一。」

「但是我認為有天他一定會送花給我，而且一定不是玫瑰花。」

「未來的事妳怎麼可能知道？連會不會送什麼花都知道？」

「相信。因為相信。」

「我也相信，如果妳再繼續相信他，妳一定會受傷，而且是受重傷。」

「我寧願受重傷。」

「我哪裡比不上那個花心的文曲？」他的語氣激動起來，原先的自信不見了。

「少軒，這不是比較的問題。」

「那是什麼問題？」

「因為……時間不對，位置不對。」

「時間是妳的生日，又剛好有流星雨，哪裡不對？」

我起身，把花束往他懷裡一推，轉身要下樓。

「他現在有在妳身旁的位置嗎？在妳身邊關心妳、喜歡妳的——」他拉住我的手，語氣愈來愈激動，「是我啊。」

「很抱歉，你來的時間晚了，我心裡的位置也保留給他了。」

他癱軟地放開我手。

我快步走下樓梯，身後傳來他說：「妳怎麼這麼傻？妳知道他身邊的位置現在坐著誰嗎？李恩倩呀！」

我愈走愈快，很怕自己原本已搖搖欲墜的信心即將破碎、飛散。

「這樣妳還要相信他嗎？」

我從公寓飛奔回學校。一路上用手掌摀住耳朵，衝進大慈館。

如果這時我手機沒電了，如果我直接衝進棉被窩裡狂睡，也許就會把剛剛他說的話都忘光光……

所多瑪和蛾摩拉就在身後，明知它們在身後被天火炙燒，為何還要回頭看？

想要得到幸福的寶物，就算登山的途中出現什麼可怕的狂吼怒罵，也不能回頭，否則一定會變成黑色石頭，滾落山腳。

但是，小惡魔在身後不斷大叫：打通電話確認吧！確認一下有什麼關係？妳不是相信他嗎？難道妳的相信只是自己矇上眼睛，就以為看不到的說詞……

所以，我還是在進寢室之前，從口袋裡取出手機，按下了鍵——

「喂？」明明是曲的手機，為什麼接電話的是女生？而且聲音還很……嬌甜。

「喂？」對方又「喂」了一次，在她即將掛斷之際，我盡力壓抑心頭的顫抖，努力用平靜的語氣回應：「請問，文曲在嗎？」

「他？正在忙，沒辦法接妳電話。」

忙？忙什麼？為什麼他的手機會在妳手上？

「需要他回電話給妳嗎？」

「呃，不、不用了……」我慌亂地切斷通話。

心，化成了鹽柱；人，變成了石頭。

第十四話

下課後，請曉雨幫我把課本、背包拎回寢室後，直接跑到校門旁的公車站。

那個身影已經坐在那裡等著。那個昨夜在夢裡一直出現的身影。

我放緩腳步，想從身後嚇他；手才往他伸出去，他就出聲：「妳來了。」

然後回眸，給我一個笑。一個令人心動的微笑：「生日快樂。」

在下山的公車上，我把昨晚去幫呂少軒惡補社會學報告的事告訴他，連他幫我慶生的事也說了。但他藉此向我告白的部分，沒說。

「其實我也不知道感情的不平等現象，和符號互動論到底有什麼鬼關係。」

「有關係。」

「你居然知道？」其實我比較想知道接手機的那個女生，跟你有什麼關係。

「嗯。從對方的態度、用語、行為，可以觀察情侶間的關係是否平等。」

「啊，人的態度、用語、行為、想法，都是所謂的符號。原來是如此。」

他輕撫我的髮絲，笑著說：「嗯，我們心靈相通喔。」

我回給他一個心虛的笑。因為知道自己追著他的心跑，追得很辛苦。

「可惜，你不是第一個幫我過生日的人。」鼓起勇氣，我小心翼翼地說。

「可惜，妳學弟原本應該是個很好的人。」

「可惜？他現在不好嗎？」只不過是搶先為我慶生，就不好……

咦，他吃醋了嗎？一朵微甜的小花在心底綻開了。

「也不是不好。只是，因為他喜歡妳，所以就變得……以後妳就知道了。」

「嗯，我知道。我現在就知道。」幹嘛講得這麼含蓄嘛。因為他喜歡我，就變成你心目中的小惡魔了嘛。

原來曲也會吃醋耶。呵呵。曲為我吃醋，為什麼我這麼開心呀。呵呵。

「妳幹嘛傻笑？」他望著我，「妳知道，他變得有點像……」

「小惡魔？對不對？我知道你不喜歡說別人的壞話。」

他有些驚訝：「原來妳真的知道？」

「你很擔心我啊？我能猜中你心裡的想法，我們算不算心靈相通啊？」

他笑笑，額頭輕碰我的額頭。

曲，這是你送給我的第一個生日禮物唷。

下車後，我們買門票。進了場，朝摩天輪走。

小時候看到摩天輪很驚奇，認為坐上它，一定會有被天使緩緩帶著升上天堂一遊的感覺，一直希望能有機會搭它一回。這是半年前有一次在大典館天台看星空時無意中提及的童年往事，想不到他記到現在。

曲，這是你給我的第二個生日禮物。

因為是平常日，遊客不多。整個摩天輪只有我們兩個。華燈初上的台北盆地，逐漸呈現眼前，與觀音山後的夕陽餘暉相映，天空呈現半橙半灰的瑰麗。

「有沒有快到天堂的平靜感？」雖然眼下是耀耀煌煌的燈火，但耳邊完全沒有車馬喧囂，只有徐徐的微風輕拂，讓心情超舒愉的。

「鈴，妳真是個特別的女孩。」

「你是說，我的生日不去ＫＴＶ和同學好友唱歌慶生，反而來這裡體會上天堂的感覺？」我笑了，推他一把：「跟特別的你在一起，就會變得特別吧。」

「我要送妳的生日禮物也很特別。」

「什麼、什麼？」我向他伸手。

「我要為妳完成三個願望。」

「喔！什麼願望都可以嗎？」

「嗯，我一定盡全力完成。」

「你說的唷。那我許願囉。」

閉上眼，我低頭在心底默許三個願望。

第一，曲要永遠守護著鈴，與鈴心靈相通。

第二，曲要主動與鈴親親。

第三，鈴要知道曲那個「若有所思」的祕密。

「好，許完了。」他望著我，等著；但我只是望著他笑。

「妳不告訴我，我怎麼為妳完成？」

「你是天使，應該知道我的心願。」

「蛤？」他抓抓後腦，瞇著眼傻笑，「那，我只好猜了。」

「快猜。」我下巴墊靠在他右肩上。

「妳的第一個願望，我已經努力在做了，希望妳會滿意。」

「這種答案太敷衍，隨便解釋都通。」我扭頭噘唇，假裝生氣。

「咦，妳，」他緊張起來，又害怕猜錯，低囁道，「妳不是希望我永遠守護著妳，和妳……心靈相通嗎？」

我望著他，驚奇、驚喜和驚嘆交織，趕緊用手掩住闔不起的嘴……

我的男友真的是……天上下凡的天使？仙界墜落的精靈？

「不可能吧，你瞎猜的也能那麼準的？我剛剛許願時有出聲嗎？」

「沒呀。」

「那，第二個願望？」

他的瞳凝望我的眼……須臾，彷彿知道了什麼，臉頰紅了。

「你你你，不、不要想歪了喔。」我居然害羞地躲開他的眼神，耳後炸開一陣火燒，雙手還不自覺想抱在胸前。「只、只有人家只有二壘沒有其他想——」

太可怕的讀心術！害我整個語無倫次。唉唷，我幹嘛叫他猜啦，羞死人……

他卻一臉錯愕：「妳、妳認為我在想什麼？」

「你、你不是臉紅嗎？」

「妳也是。原來這個吊廂待久了會熱耶。」他伸手把兩邊的小窗戶推開一些。

摩天輪開始往下降。

第二個願望不管他知不知道，反正，我當作他知道了。

我們交往也一段日子了，應該很自然的事，怎麼這時竟然尷尬起來，糗爆……

既然，他能和我心靈相通，那，第三個願望，也……

為什麼會有第三個願望，不只是因為好奇。它是讓我不安的最大原因，所以一定要知道，也堅信非知道不可。

「喂，你快說啊。」

「嗯？我說什麼？」

「你常常若有所思的，到底在想什麼？」

「若有所思？什麼時候？」

「暑假去看海時就有啊。」

「有嗎？這跟妳的第三個願望有關？」

「有有有，」發現他不想講，我急了，「還有上次在圖書館二樓你擔心我怎麼了約我出來以為我不相信你我問你李恩倩是否帶給你困擾的時候，還有那次在大典館天台你說你的心老了的時候，還有還有在我家要離開前阿嬤要你照顧我的時候啊？」

「沒有吧……」

「明明就有，怎麼沒有？」他有閃躲裝傻的嫌疑，我惱火起來，「你不想說是嗎？有什麼不可以告訴我的事？」

「沒、沒啊……」

「你昨天去台南找誰？」我的心像摩天輪一樣，逐漸下沉。

「我……答應別人，不能說的……」

「連我也不能說？」我的語氣變尖，胸口有什麼壓得緊，快要爆發，「是不是李恩倩叫你不說的？」

「……」居然不否認？

「李恩倩叫你不要說你就打死不說？我要你說你居然怎麼都不說？這不是我的生日禮物嗎？」

「我、我沒想到，妳會……許這個願望。」他的語氣第一次如此無措。

「說出心裡的話很難嗎？去台南幫她找人為什麼不覺得難？到底你的女友是我還是李恩倩？為什麼手機是她接的？你知道我多相信你？知道別的女生和你接近、看了一大坨該死的部落格照片、聽了一大堆狗屁八卦說你如何花心我都選擇相信你！但是你卻不願對我坦白？」視線被淚水浸糊了，聲音也哽咽了。

「但是答應別人的事，一定要做到，尤其是保守祕密。這是我的原則啊。」

「你竟然跟我講原則？我的原則就是男友要完全對我坦白！你答應我的願望你做到了嗎？」換作是我，答應別人保守祕密就算投胎三次也一定不說，所以他的原則一點錯都沒有。

但當下我就是硬要覺得他錯了。

「……對不起，但我一定會做到。」他的表情像喝了濃縮的魚膽黃蓮苦瓜汁。

「那你說，跟我在一起時，你那個閃神的表情都在想什麼？」

「……」

望著他糾結的表情，心中無名怒火竄升：「那等你想跟我說了再說吧，否則我們就永遠不要說話了！」

摩天輪到站，我推開門跳下吊廂跑出去。頭也不回。儘管他在身後叫我。

「誒？妳就把他丟在那裡？」曉雨、詩雅和芫媛居然異口同聲叫道。

「啊！」因為曉雨見我接連幾天悶悶不樂，問我那天生日和文曲到哪裡去，我忍不住把發脾氣的情形告訴她；我們兩個小聲低語地聊著。誰知詩雅和芫媛不知何時在我們身後偷聽了多久，聽到我拂袖離去，她們終於忍不住出聲，我和曉雨被嚇到，同時發出尖叫。

「怎、怎樣啦……」她們的表情，彷彿我把一個無辜的小男孩遺棄在深山裡。

「他在為幫妳過生日耶……」曉雨不可置信地喃喃自語。

「這麼浪漫的生日，居然是這樣結束？」芫媛的語氣盡是可惜。

「好猛！固執鈴的固執果真堪稱固執界的女王。」詩雅竟面露無限欽佩。

她們這樣說，讓我滿心罪惡感：「那、誰叫他不說……」

「有什麼好說的？他心裡一定是另外有一個女生嘛，還用問？」

「即使有另一個女生，也要把浪漫享受完再走嘛。」

「就算有另一個女生，妳也未必會輸給她呀，幹嘛急著把男友讓給別人？」

「如果是我，才不管有沒有另一個女生，至少他還願意為我製造浪漫呀。」

「對喲，我都忘了雖然妳是胖子界的久令，但經常苦無帥哥約會厚？」

「喂，我們在討論竹鈴和文曲，幹嘛說我！」

詩雅和芫媛一來一往，嘰嘰喳喳講個沒完。

曉雨急了：「那到底文曲心中是不是真的另有一個女生？她又是誰？」

「還用問？當然是李恩倩啦！」詩雅和芫媛竟又異口同聲道。

「才不是咧，妳們別亂猜啦。」

看吧看吧，感情的事被公開，八卦的風就亂吹，真討厭。

「喂，那這樣妳算是跟他分手嗎？」詩雅眼珠一轉，不知在想什麼。

曉雨馬上插嘴：「誰說的，主竹只是要他把心裡的話說清楚，又沒說要分手。」

她拉出抽屜，打開粉餅開始化妝：「那，妳要分手的話，記得先跟我說一聲。」

「妳要、要幹嘛？」

「我要去參加應數系辦的化裝舞會，聽說帥哥很多唷。」

「我是說，妳要主竹告訴妳分手的事，是要幹嘛？」曉雨問得小心翼翼。我聽得提心吊膽。

「喔，像這種神品級的男生，我參加再多的聯誼也遇不到，如果妳的主竹不要，本小姐直接接收！」詩雅居然說得理所當然。

目光移往她深深的事業線，再偷偷低頭瞥一眼自己的領口……糟了，危險。

「妳妳妳怎麼可以乘人之危！虧主竹對我們這麼好，她的筆記借妳、期中考期末考都幫妳惡補耶，不然妳哪能放心去聯誼啊！」曉雨氣得雙頰緋紅，提高了聲調開罵，真是我的好姊妹。

「我才不像妳的主竹，原則那麼多。」詩雅轉向我：「妳不讓文曲選擇是要妳或李恩倩，就自動放棄的，那就別怪我進場搶位，反正我絕對不看好李恩倩。」

「就跟妳說他心裡的女生不是李恩倩嘛。」咦，這好像不是重點。望著詩雅詭異的表情，無法判斷她是在激我還是真要進場接收文曲。

「那小三到底是誰？」

「我……不知道。」

「哈，連自己敗給誰了都不知道就放棄？妳的原則真好笑。」

對，連敗給誰都不知道，這樣的自己能死心嗎？死得瞑目嗎？

躺在床上，黑暗中耳邊傳來室友們淺淺的鼾聲，心裡傳來掙扎疑問聲。自知自己不是要分手，只是真的很想知道他到底在想什麼。

手中的手機畫面上十幾則他的簡訊，也聽過他的留言，不是「對不起啦」、「其實也沒想什麼啦，不要懷疑我好不好」，就是「我們能見面聊一聊嗎」、「真的不是李恩倩啦，不要胡思亂想好嗎」。

但我回訊：「見面可以，一定要說，你心裡的祕密到底是什麼？」

他卻回說：「我心裡的祕密就是想，如何讓妳更幸福而已。」

「根本是在說漂亮話哄我！如果沒誠意，以後乾脆不要見面算了。」我賭氣在電話裡這麼說。其實，自己完全沒有半點要分手的意思，但當下就是故意要這麼說，以為他一定會趕緊從實招來。

「真的啦，我沒有騙妳啊。」他語氣是夠緊張，但還是不願說。

「我知道你在想一個人。」

「……」咦？被雷到了嗎？不然怎麼震驚到無法回話？真的被我猜中了？

「等你想說了，再聯絡吧。」心一橫，我把電話掛了。

這是三天前的事了。到現在居然真的沒再聯絡……

會不會真的誤以為人家要分手啊？沒耶，曲，真的沒有啦，你快打來嘛……好，你不打來，我打。我輸入簡訊：「明天下午我沒課，老地方見？」

片刻後，他回訊：「不行耶，明天下午有事。」

被拒絕了……從來沒有拒絕過我的。像被電到般，我倏忽從床上坐起。

還好他隨即又傳來：「後天早上我們不是要去看小草莓嗎？八點在公車站見。」

後天？那明天他給了誰？「明天呢？」

「和你學弟呂少軒有事要談。」呂少軒？他們兩個會有什麼事要談？

「你找少軒幹嘛？」

「是他找我。我也不知道他要幹嘛。聽他的口氣，好像要求只跟我單獨碰面。」

「那你們結束後，打電話給我。」

「好啊。」

腦袋裡的懸念愈來愈多，帶著懸念睡覺，明天一定變成貓熊眼。唉。

第十五話

第二天早上起床，我不可置信地盯著桌上時鐘愣了半天，才確認已經睡到十點的事實。還好今天沒有課。

曉雨見我醒了，靠過來問：「失眠了？」

我揉揉眼眶，打了好大的呵欠。起身往桌上的鏡子瞧：披頭散髮，眼眶超黑。還好和曲不是約今天，不然這般憔悴，不把他嚇昏才怪。

「都是詩雅和芫媛害的，胡說一通。」她嘟嘴輕斥。不過詩雅和芫媛都不在。

「是我自己胡思亂想的。」

「他到底跟妳聯絡了沒？」

「約好明天去看小草莓。」

「為什麼不約今天見面？」

「他和我學弟另外有事。」

「妳學弟？呂少軒跟他？」

我梳著頭髮，瞄到曉雨困惑的表情：「是學弟約他的。我也覺得奇怪。」

「他約他，也約妳？」她把手機遞給我：「剛剛他打來，我看妳還在睡，幫妳接了。他說妳起來後請妳回電。」

「曉雨，妳怎麼了？」

「竹……妳會和文曲會和好的吧？」她很憂慮的樣子。

「妳在擔心什麼？」

「不要被影響，好不好？」

我點頭笑了，摸摸她的頭。真是我的好姊妹。

手機這時響起。是呂少軒。

他說在大雅餐廳，要把那天放在他屋裡忘了拿走的社會學筆記還我。

「我現在有事要下山去。筆記就先放你那裡吧。」

曉雨聽到了，好奇地望著我。

「可是，」手機那頭，他的聲音聽來意外。「我還想要謝謝學姊，讓我的報告順利完成——」

「不必客氣，照顧學弟是我應該做的，以免被室友唾棄。」

「可是我現在就想還給妳——妳要去哪？我可以陪妳一起去。」

「你把筆記放進系信箱，晚上我回來再去拿就好了。就這樣吧。」我不讓他再說什麼，就按下結束鍵。

曉雨怔怔地望著我。我扮了個鬼臉：「我暫時不想看到他。」

我踩著慵懶的拖鞋到洗浴間，想悠哉地梳洗。牙刷在口中才刷了幾下，就聽到身後傳來曉雨緊張的聲音：「主竹！呂少軒到樓下等妳了啦！」

噗——！牙膏泡沫從我的嘴裡噴出，像滅火器。

身邊也在盥洗的兩位樓友被嚇到，轉頭瞪我：「那是誰？居然震驚到口吐白沫？」

我無暇回應，火速漱口洗臉，抓起梳洗用具衝出洗浴間：「他、他想幹嘛？」

曉雨聳聳肩：「不知道，是樓友順道通傳的。要我下去幫妳？」

「好啊，拜託妳了。就說我已經下山了。」

曉雨點點頭往樓梯走，忽然又回頭：「竹，為什麼妳不想見他？」

「呃……」我靠近她附耳小聲對她說：「他向我告白啦。」

「告白？」她大叫出聲，引得走廊上好幾個樓友側目。我趕緊拉她手臂制止：「噓！妳一定不可以說出去，以免我又被八卦亂說。」

她點頭，蹙著眉，帶著難以置信的表情下樓。

我跑回寢室換下睡衣。心裡正嘀咕著到底以後遇到呂少軒，該如何面對之類的無聊問題時，曉雨推門進來了。

「走了吧？」

「嗯。我跟他說妳不在，下山去了。」

我鬆了一口氣，癱坐在床沿。「咦，他沒把我的筆記交給妳？」

「他說一定要親手還給妳。」她嘟著唇，臉上寫滿不以為然，「我說，人家主竹有男友了，你不要再糾纏了，找別人去吧。他不知聽進去了沒，掉頭就走。」

「什麼？妳這樣跟他說？」

「怕什麼？」她一副天不怕地不怕的模樣。

曉雨啊，妳果然夠天真。雖然內心感到不安，但畢竟曉雨也是為了幫我，所以只得自我安慰地說：「唉，只好希望他不會因此更想不開。」

「不會那麼白目吧。今天沒課，子謙有事回南部了，我們就真的下山逛逛吧。」

「好啊。」我換上白T恤和牛仔褲，紮起馬尾，決定今天把所有的擔心和煩惱都讓華岡的山風吹走，和曉雨痛快的逛街買東西。

我們才到公車站，呂少軒居然從旁邊閃出來，嚇了我們一大跳。

「學姊。躲我？」

「我哪有？」我迴避他的眼神，「既然遇到了，筆記還我。」

「謝謝。」他從背包裡取出筆記遞給我，「其實，即使不能進一步，妳仍然是我的學姊，不是嗎？」

我怔住，和曉雨互望一眼，終於釋懷地笑了：「嗯。你果然是我的好學弟。」

他也給我一個笑容：「那以後就不必閃躲我了吧。」

我朝他手臂輕搥一拳。

他放鬆似地：「那我也可以跟妳們一起下山去逛街嗎？」

我們三個在東區走走看看。曉雨和我買的東西很少，不過各買一件衣服和兩本書而已。但呂少軒為了展現體貼，還是硬要幫我們提紙袋；我們無法招架，就讓他代勞了。

經過一家飾品店，我們駐足在玻璃櫃前。曉雨和我嘰嘰喳喳地討論著那些銀飾。我忽然故意指著其中一條雲朵造型的項鍊說：「那條好漂亮！」

「妳喜歡呀？叫妳的曲送妳當生日禮物呀。」曉雨瞇著眼睛說。

「他已經送我別的東西了。走吧，去吃東西吧。」我偷瞄呂少軒一眼。

「我知道有一家店的咖哩飯不錯吃，不過捷運要坐兩站。要不要去吃看看？」他沒有要買那條項鍊給我的意思？

這樣他應該真的只是禮貌上幫學姊們拿東西、沒有想要追我的意思了。

我放下心中最後一點擔心：「好啊，在哪裡？」

我們跟著他進捷運站，搭上列車後在第三站下車。

呂少軒在手機上按來按去。我以為他在上網找地圖：「你沒來過嗎？」

「喔，怕記錯了，確定一下比較好。啊，那家店在那裡。」他指著右手邊。

那是一家在巷子裡的店。店名叫「澄清」，我到現在都還記得。

因為在「澄清」裡，發現有太多的事需要澄清了。

落座後，我和曉雨依呂少軒的建議，點了招牌咖哩飯套餐。

我們邊等著送餐上來，邊聊著系上的事。但是一個男生略顯激動的聲音打斷了我們的話題：「妳不是說他只是妳的學長而已嗎？」

「怎麼樣，我們就不能交往嗎？」隔間板後方的座位傳來似曾相識的聲音。

「最初我問他，他還說自己已經有女友的，怎麼可能突然就變成妳的男友？」

「你那時都能把我甩了，他就不能把他女友甩了，跟我在一起嗎？」

「可、可是，」那個男生的語氣超緊張，「我後悔了，我們不能重新開始嗎？」

這是什麼戲碼？聽起來超八卦的。

我們三個面面相覷，都不自覺拉長耳朵。

「……」女生靜止了半晌，用細細的聲音說：「啊現在我已經跟他在一起了，我們要怎麼重新開始？」

「跟他分手，好不好？」

什麼嘛，不要的時候就把人家甩了，想要了就回頭要前女友再甩現任男友？這負心男好爛。我和曉雨對望一眼，心有同感。

「這樣，不太好吧？誰知道你以後會不會又喜新厭舊？」

「保證不會！」

「真的不會？」

「如果我再背叛妳，我那裡就爛掉！」

曉雨和我聽到這裡，都掩嘴偷笑。

對於居然有人這樣賭咒發誓，同樣身為男生的呂少軒則是略顯尷尬。

隔間板後方又是一陣沉默。這時服務生為我們端上餐點，喋喋不休介紹著什麼醬料。我超想服務生趕快退走。

更想知道那女生的現任男友是什麼想法。想必很火大吧。

還好在對話繼續前，服務生走開了。所以我們又繼續正大光明地旁聽下去。

「可是……」天啊！那女生居然猶豫了！「你看他多好啊，我有點捨不得離開他。」

「我會表現得比他還要好！相信我！」

「啊？這樣啊……」

咦，還真的考慮了嗎？妳這樣怎麼對得起現任男友啊？

「想想我們的過去，曾經有那麼多美好的回憶，我們在高中那幾年多麼快樂，對不對？那些過去的時光，他能給妳嗎？」

傳來女生吸鼻水的聲音。想必是觸動了些什麼，流下眼淚。

「人家如果不是曾經想到，現在怎麼可能坐在你面前……」

「所以，妳對我還是有感覺的，對不對？」

「……」不講話？那是真的囉？哇，那妳現任男友怎麼辦？他很可憐耶。

「我們復合，好不好？」

「……那，你也要看他的意思啊？」拜託，他怎麼可能會答應！

「你……願意成全我們嗎？」

誒！現任男友居然也在場？我和曉雨眼睛一起睜大。

「那你以後真的會對她很好很好嗎？」現任男友講話了。

聲音很溫柔很好聽耶，就像、就像……

怎麼會有點像我的天使的聲音。呵呵，一定是想太多了。

「會會會，一定會。希望你能……跟她分手，好不好？」

好才有鬼！你這個負心的臭男生、爛東西。竟然要求把前女友還給你？早知如此，何必辜負前女友？

「喂，妳們不覺得那個女生的聲音很像一個人？」呂少軒忽然低聲問。

「是啊，我剛剛就覺得似曾相識。」我低聲說。

「而且，那個現任男友的聲音好像也在哪聽過。」曉雨也皺眉道。

「啊！她是李恩倩！」

呂少軒像觸電一般突然站起來叫道，然後在我伸手想抓住他制止前，他已經返身往隔間板後方望去——

唉……因為我瞬間知道那個「現任男友」是誰了。

然後就是間隔板後方的三個人、我和曉雨一起站起身，六個人妳看我、我看他、他又看妳的看來看去。

幾秒鐘的沉默，就像地球毀滅前可怕的幾秒。

每個人臉上都是寫著「啊現在是什麼情形」的錯愕與驚奇！

「文曲學長！你怎麼會在這裡？」事不關己的人比較容易從突發狀況中抽離，所以是呂少軒首先發難叫道，「而且，你還是恩倩的現任男友？」

我的心像被人用鼓槌狠狠猛敲一記，差點沒暈死過去。

曲沒承認也沒否認，只是用奇怪的表情望著我和呂少軒。

「別亂猜！他剛剛又沒有承認自己是現任男友！」第二個事不關己的人是曉雨，她斥責呂少軒道。

「你們是誰啊？」在場唯一不認識的男生，頭髮抓得高高的。他應該是李恩倩的負心男。

我怒火中燒，轉頭就要走，卻被呂少軒拉住右手腕：「學姊，妳就這樣走了？學長應該給妳個交代吧。」

「說什麼和學弟約好了有事要談？還說是學弟找你？」我瞪著文曲，心頭被插了一把刀般的痛，「原來你是別人的現任男友，難怪我不能在場。」

想不到他沒回應我，竟拉著呂少軒的手臂：「你在幹嘛？」

我往外走，呂少軒還不放手，結果他們兩個被我拖著往前走了兩步，李恩倩見狀，竟然趕緊上前拉住文曲：「別走呀，你不是我的男友嗎？」

妳的男友？已經敢公開這樣講了……惱怒的劍猛刺我的心。該上前給她一巴掌？扯她的頭髮？罵她不要臉？正宮這時該有的反應，我怎麼都沒有？只有錯愕地傻在這幾秒的空間裡。

「小倩！到底我們能不能復合？」負心男只關心他自己，也連忙拉住李恩倩的手叫道。

結果，我們五個就這樣手拉著手，排成一列，呈現一種詭異奇怪場景！

鄰桌的客人傳來好奇的疑問：「他們是在幹嘛？手牽著手是要去哪裡？」

「看來感情都不錯，不管去哪裡還牽著手排隊。」

我們五個聽到了，慌忙同時把手甩開，臉上都寫著丟臉。

還是文曲先從尷尬中回神。他越過呂少軒到身邊，牽起我的手：「竹鈴——」

「還有什麼好解釋的？當場抓到耶！你怎麼對得起學姊？」呂少軒扯住文曲的另一隻手制止他。

「等一下再說啦，他現在是我男友耶！」李恩倩也急了，想把呂少軒拉開。

曉雨終於忍不住，用力拉住李恩倩的另一手：「妳還說！都是因為妳！」

「喂，妳想對小倩幹嘛？」負心男以為曉雨要對他前女友怎樣，想要表現英雄救美，也用力拉住曉雨的手腕。曉雨被他弄痛了，蹙眉叫道：「啊！」

我見曉雨快受傷，急忙返身衝出兩步，伸手抓住負心男想拉開他：「放手！」

結果，我們六個就這樣手拉著手，圍成一圈，呈現一種更詭異奇怪場景！

鄰桌的客人傳來更好奇的疑問：「咦，還加入成員，變換隊形耶！」

「看來大家感情真的不錯，現在的年輕人這麼團結的已經很少見了。」

羞怒交加、哭笑不得的我情急之下大叫：「統統給我手放開！」

然後我們六個又一起把手甩開。

「學弟，你打包買單，我不吃了！」我拉起曉雨就衝出店了。

現在的我需要回山上吹吹山風。否則這麼多的情緒交錯，一定會精神錯亂。

第十六話

第二天早上，我沒忘記要去看小草莓，所以準時出現在公車站。

他已經坐在長椅上等我。但我給他一張臭臉。

他小心翼翼地靠過來：「鈴，還在生氣？」

他彎身想注視我眼睛，我故意把頭轉開。

「我說的都是真的唷，沒有騙妳。」

「要我相信？可以。說，你和我在一起，心裡常常在想誰？」

「……」

「不講？那你今天都不要跟我講話。」我賭氣地坐離開他一點。

他正想起身坐過來，一個身影閃進來，卡在我和他中間坐下：「文曲學長，你今天就讓學姊靜一靜吧。」

是呂少軒。我忘了他也報名了這個活動。

曲望我一眼，無奈地坐回原位。

不管，今天你一定要坦白，不然我就拿昨天的事耍賴。我下定這樣的決心。

上了公車，呂少軒還是白目地坐在我身邊。

曲見我沒有要學弟讓位的表示，只好哀怨地在右前方的空位坐下。

一路上，呂少軒找許多話題跟我聊，講笑話時我還故意笑出聲，然後偷瞥右前方。他應該有聽到，但，好像很淡定。

咦，不會吃醋嗎……哼，不管，今天一定要讓你緊張。我笑得更大聲。

到了育幼院，小草莓見到我，興奮地衝過來拉著我的衣角：「江姊接！我們今天要去看電影嗎？」

「是啊。」小草莓是被母親遺棄的八歲小女孩。大一時我跟著薇薇學姊加入慈幼社，一起認扶了她。之後我就經常來探望她、陪伴她。

「那妳一定要坐在我旁邊。」她高興地笑彎了眉，樣子可愛極了。

「好啊。」

「葛格也可以陪妳一起看呀。」呂少軒蹲下，摸摸她的頭親切地笑著說。

但是她往我身後退了一步，露出警戒的神情，看來很怕生。

「他是呂哥哥，是江姊姊的學弟。」

「……」她不作聲，眼神還是有警戒，然後往社團夥伴們那邊望去，發現了文曲，就直接往跑向他：「文葛格！我在這裡！」。

「她可能跟你不熟，別介意。」我對面露尷尬的呂少軒說。

育幼院老師把孩子們集合後，告誡說「路上要守秩序，要聽大哥哥大姊姊的話」之類的話後，大家就排隊往大門的遊覽車走去。

在車上，小草莓先拉著呂少軒的手說：「我們坐這裡好嗎？」

呂少軒高興地坐下：「那妳坐我旁邊。」

「嗯。等一下。」她拉起我的手把我帶到前座：「江姊接妳坐這。」

「好好好。」我依她的意坐下，「那妳不坐我旁邊嗎？」

「要啊，旁邊的位子妳先幫我占。」我以為她要坐下了，想不到她往車門邊跑去，拉著剛上車的文曲：「文葛格，你來。」

文曲不明所以，被她拉著走。她把文曲拉到我身邊的位置：「你坐這裡！」

他的目光與我相接，我們都怔住。

他的眼裡有期待與疑惑。我心底有一絲楓糖流過。

小草莓自己坐呂少軒身邊；我眼角餘光瞄了一眼，呂少軒不知所措。

車子啟動，往市區行駛。途中，小草莓忽然站起來，臉龐在我和文曲的肩頭間左張右望：「你們怎麼不講話？」

我們互望一眼，既囧又意外。

「你們吵架了喔？」

「哪、哪有啊。」

「那講話呀？」

「呃，呃哼。你……你到底要不要講？」我睇了他一眼。

「那，現在在這裡講嗎？」

「你想講了啊？」

「其實不想耶。」

「哼！」

小草莓擠過來，坐在我們中間：「那文葛格講小翠的故事給我聽吧。」

「小翠是什麼？」我好奇地問。

「《聊齋》裡一隻小狐狸精報恩的故事。」他說。

狐狸精？嗯。你心裡常想到的該不會就是狐狸精吧。

今天帶孩子們來看的是迪士尼卡通《魔髮奇緣》。這是描述樂佩公主被葛索矇騙，誤會尤金，但最後樂佩公主用她魔力的長髮與淚水，擊退敵人，救回尤金的可愛童話故事。當佩樂公主用魔力救回心愛的人時，全場的孩子都發出哇的驚嘆聲。看來大家都很投入在故事的起伏裡。

散場時小草莓牽著我的手，意猶未盡地說著電影裡剛剛吸引她的情節，還一直說自己是樂佩公主。她紅緋緋的小臉頰，好惹人疼愛。

回程時的車上，我拉著小草莓一起坐，叫呂少軒和文曲各自帶一個孩子坐，以避免尷尬。

回到育幼院後，在老師一聲令下，孩子們手牽手向我們鞠躬：「謝謝大哥哥大姊姊。」然後換我們慈幼社全體夥伴彎身大喊：「不客氣，你們好可愛！」

我們一一和孩子們親臉頰道別。就在我返身要步出育幼院大門之際，小草莓忽然跑過來，拉著我附耳說：「要愛妳的尤金，把尤金救回來。」

然後就一蹦一跳地跑回隊伍裡。

「她真入戲啊。」身旁的呂少軒笑著說。

「是啊。她很可愛對不對。」

我瞄了文曲一眼。他站得遠遠，望著向他揮手的小草莓，臉上帶著笑意。

為什麼看來還是很淡定啊……

「喂，昨天下午你約文曲幹嘛？」我看著車窗外仰德大道旁不斷往後飛移的樹林與山景問。

「妳怎麼不自己問學長？」身邊的呂少軒反問我。

我想起昨天在「澄清」怒氣沖沖地離開後，就賭氣不接文曲的電話；訊息匣裡他寄來的簡訊也不看。「死學弟，不說就算了。」

他看我臉臭臭的，趕緊正色說：「其實是和妳有關。」

「和我有關？」

「因為他腳踏好幾條船，對不起妳，我原本是想勸他好好珍惜學姊的。想不到中午就讓我們去『澄清』時撞見他和李恩倩在一起，我們眼見為憑，看來他死性難改，這下子我也不必多費唇舌了。」

他和李恩倩在一起……聽呂少軒這樣說，我心裡一下子難過起來。

為什麼曲會變成這樣……

「昨天下午回山上，我只打電告訴他：我們男生的臉都被你丟光了，我跟你沒什麼好說的了。所以我就沒有去找他。」

「……」我強忍心痛，努力裝出鎮定。「不論如何，還是要謝謝你的關心。」

「學姊，不要為那種人太難過。」他輕撫我的肩頭安慰，差點讓心痛崩潰。再不轉移話題，怕含在眼眶的淚水會關不住，所以我趕緊挺直了身：「對了，小草莓很可愛對不對？下次再一起去看她吧？」

他似乎有點驚訝：「好、好呀。」

「咦，你好像很意外，難道你不想？」

他臉上漾出笑意：「想！我的確很意外，因為這是學姊第一次約我。」

車子進到校園裡的公車站停下。我們起身往車門走。

臨下車前，我的眼角餘光掃到離我們遠遠、坐在車尾的曲。他凝望著我。

「主竹，妳不接電話嗎？」曉雨輕搖我，並把手機遞在眼前。

從昏昏沉沉的睡夢中醒來。我接過一看，是曲打來的。

我愣愣地望著來電訊息，直到訊息停止，都沒有按接通鍵。

「是文曲打來的？為什麼妳不接啊？」

「……心情不好，怕我會跟他吵架。」

「他是想跟妳解釋那天在『澄清』的事吧？」

「有什麼好解釋的．妳不是也在場看見了？」

她搶過我的手機點了幾下，「可是，這麼多通沒接？妳忍心嗎？」

「我喜歡專情的人。這是我的原則。」我抱膝坐在床上，下巴墊在膝蓋上。

「可是……我不忍心看主竹這樣耶。」

「我怎樣？我很好啊。」

她轉身從書桌上拿起梳妝鏡，往我面前一伸……嚇！

白長T恤，抱膝坐在床鋪角落，長髮披在身上、腿上，眼睛因昨夜躲在棉被裡偷哭變得又紅又腫，整個人看來真的很慘。

這這這、這不是當初的李恩倩嗎？我居然會變得像當初失戀的她一樣……

原來失戀真的會變頹廢漣漣，變成一個怨婦，樣子真的很讓人討厭。

「唉……」我幽幽地嘆了一口氣，又讓臉埋在長髮裡。

「我們要活出自我，妳再傷心，他也不知道，真是沒意義。」曉雨扠著腰，學我的語氣：「這些話不是妳勸李恩倩的嗎？為什麼妳要變成她、讓她變成妳？」

「我也不想啊……」想著想著，鼻頭又一陣酸。

「不要這樣啊，至少妳接他的電話，或看看他簡訊說了什麼嘛。」

「我不想再相信他了。」我起身，開始找梳子整理頭髮，「不過也不會像李恩倩那樣，我一定會振作的。」

「主竹……」曉雨望著我，臉上表情很疼惜。

所以我的這一天，整個上午都和慈幼社的夥伴開會想點子，很努力在搞笑；下午又邀社團夥伴和三個室友在KTV唱歌，很努力大聲唱。也很努力在遺忘。

直到〈陪著我的時候想著她〉的音樂一下，我就知道一整天的努力只是白費。

因為眼淚自己自動自發自然自醒地就淌下了臉頰。

詩雅一定是故意點這首歌的，想要看我出醜。一定是。白目又可惡。

「我去一下洗手間。」找了藉口，我奪門而出，以免被她們問東問西。

我用冷水猛力潑往臉龐，告訴自己：不准哭！不准哭！

但是抬起頭，在鏡中望著自己，身後卻出現了曲的小虎牙。

心頭像被狠狠地踩了一下，好痛。

上帝啊，我該放棄嗎？他不是祢派給我、照顧我的天使嗎？難道他只是撒旦化身？不然為什麼他慈悲地將我擁抱，卻又在我的心上插刀？

「在對的時候，出現在對的位置，就會有好的結果。」

「對某些人而言，感情不是說走就能走的。」

「心中有人，而那人不在的感覺，就是這樣……」

「我經常說，倚賴自己的良善而活，是最自在的事，但妳覺得並不容易，是嗎？」

「我喜歡是一陣清風，吹走曉霧，讓晞微能順利變得清亮，人們能得到溫暖。」

「因為晨曦已經在眼前了，曉霧卻讓人看不清前方的路，使人心慌。」

不對，曲不是這樣的人啊。他的話語在我耳畔迴起，讓我的心平靜下來。

就算失敗，也要知道敗給了誰，詩雅說的對。

我衝出KTV，搭上剛好靠站的公車，心急地趕回山上。

「喂？曲，我們見面，把話說清楚。」

華岡煙籠霧鎖，嵐靄沉沉。曉園旁大忠館的樓梯通道口，冷涼的風持續往臉上吹，我告訴自己一定要保持像這樣的冷靜。

「鈴。」身後傳來他的聲音。幾天沒聯絡也沒見面，他的身形一樣正直、臉龐一樣好看、眼睛一樣清明。

腳底有個力量，要把我抬起來，推向他的身旁，推進他的胸懷。

但我極力的克制住：「我有問題。」

「嗯。我知道妳有很多問題。」

對，我有千萬個問題，但，我竟然只憑直覺挑了這一個問題，直接又殘忍：

「你的心裡，是否有另外一個人？」

「……」

「你說，我不會生氣，我想知道。」

「有些事情，不說，會不會比說了好？」

「有些事情，不說，絕對比說了糟糕。」

他蹙起眉，移開視線，望向虛無的天空。

我嘟起嘴，目光緊盯，堅定意志逼問他。

其實從他的表情，已經知道答案。但就在這一刻，我多麼希望他騙我。

下定決心般，他望向我：「是的，經常有另外一個人會出現在我腦海。」

「為什麼？」用力推開他，我的聲音忽然變得尖銳。「為什麼？為什麼你連騙我的勇氣都沒有？」我倒退兩步，即使在事先已用勇氣的水泥、鎮定的鋼筋、豁達的磐石，築起厚厚的城牆，說服自己不論答案如何，我們的感情都能安全地躲在這座堡壘裡。但感覺上，他的答案像從天而降的隕石，轟然就把我的城堡擊碎，讓我們的關係血肉模糊。

「喜歡一個人，就不該有欺騙，這不是妳堅信的原則嗎？」痛苦的表情在他臉上綻開。認識他以來，第一次看到的表情。

淚珠像潰堤般奪眶，我再也忍不住抽泣：「……我討厭你！」

轉身跑開，心頭的傷口愈裂愈開，痛到無法呼吸。

真正的喜歡，不是你該為我改變，也不是我要為你改變，而是連你的無法改變，我都喜歡。

直到經歷一些事情之後，才體會真正的喜歡，是連對方的無法改變都喜歡。
但在當下，我就是無法看見這道光線、感受這種溫暖。
也許，這就是成長必經的凜寒。

第十七話

白色物體輕快地往右邊飛來，我往右跳躍，用盡全力揮拍，還發出「嚇！」的尖叫聲。

咻啪！白色物體以三倍的速度射回去，但方向偏往左手邊。

網子另一邊的芫媛急忙往她的右邊跑，但一個踉蹌，摔了個狗吃屎。

「唉唷！好痛！」她猛搓著自己的膝蓋，「幹嘛那麼用力殺球嘛。」

「不要再自怨自艾了，快起來！妳這樣期末考一定會被當掉的。」

「休息一下嘛。」

「是妳自己說這學期體育課要跟我們一起報名羽球班的，不努力把握練習機會，分數會變成別人的。妳就等著被當吧！」我不假詞色，冷冷地說。

「好嘛好嘛。」她苦著臉爬起來，

她把球拋起來，用力擊拍，球飛過來，我狠狠地揮回去——

呼啪！擊中時發出可怕聲音，球像子彈一閃射出！

球直接往芫媛的臉上射去，她竟害怕地把拍子一扔，雙手護住臉尖叫：「啊！」

可惜她的臉太肥太寬，球還是削過她的臉頰，發出可怕的聲音。

像甩巴掌的聲音。

「對不起！」我被嚇到，趕緊丟下拍子跑過去看她。

「嗚……」她摀住臉，嗚咽起來。

詩雅和曉雨也圍過來，曉雨也緊張地問：「妳還好吧？」

「對不起，我我我不是故意的。」我移開她的手，觀察她的傷勢。畢竟是質地輕軟的羽球，還好只有輕微紅紅的痕跡。但她還是嗚嗚嗚地哭。

「喂，再哭就不像了喔。」詩雅無情地說。

「人家不管啦，竹鈴今天好兇喔，人家好怕啦。」芫媛還是用哭腔說。

「男友劈腿，她心情不好嘛，妳就不能體諒她一下嗎？」

「我怎麼知道她心情不好？」

「她不是告訴自己：不要再自怨自艾了，快起來！是自己要選擇相信他的，就因為不努力把握機會，男友就變成別人的了，自己只好等著被當了。這樣妳也聽不懂？聽不懂至少也看得懂她把球當男友和小三在殺呀。」

喂，可以不要有這麼多的聯想嗎？

「哇！不管，人家臉好痛啊！」芫媛蹲在地上哭道，還叫得很大聲，引來旁邊球場同學的側目。

「好好好，我給妳呼呼，另外請妳珍珠奶茶和鹽酥雞算是賠罪好嗎？」我低聲下氣向她賠不是。

「不夠啦，好痛啊！人家的心也好痛！」她依然賴著不起來。詩雅還加油添醋：「能有多痛？有竹鈴的心那麼痛嗎？」

旁邊球場的同學開始圍過來了；我趕緊加碼：「還有一客臭豆腐好嗎？」

「再加烤玉米三根，才能撫平我的傷痛。」

「好好好，快起來吧。」

她終於高高興興站起來：「那好，我們繼續吧。」

果然有詐。

詩雅靠過來：「她撫平傷痛要三根烤玉米，妳呢？」

「囉嗦，練球啦！」我賞她一個白眼。

「不是我要囉嗦，是她要找妳囉嗦。」她指了指門口方向。

我往她手指的方向看去，心裡不禁打了個寒顫……

站在門邊望著我的，是……

妖女。

「學姊，最近好嗎？」泛著光亮粉色唇膏的唇咬著吸管，她的眼睛戴著放大瞳片，毫無顧忌地盯著我。長直髮燙成嫵媚的鬈髮，頰上輕抹綴著亮粉的腮紅，光采煥發的表情告訴我，她一整個人就是浸泡在愛情的滋潤裡才會這樣。

「嗯，還好。」相形之下，剛運動完的我，嘴唇發白，眼神黯淡，長直髮不過紮馬尾，身上的外套和牛仔褲也洗到褪色。

輸得五體投地。

既然妳贏得這麼多，還找我來喝什麼飲料？是來耀武揚威，還是來送喜帖？最可悲的是，我居然還硬撐著學姊要關心學弟妹的原則，點頭答應跟她來。真蠢。

「妳最近都沒跟文曲學長聯絡了嗎？」

「……」需要這樣一刀往我胸口插過來嗎？不知如何回應，我只好矬矬地擠出苦笑。

「那妳以後都不會跟他聯絡了嗎？」

咦，好危險的問題！我提高警覺望著她，試圖從她的表情裡窺知這個問題的意圖。但她窺探的目光更像紅外線般直掃我的心臟。

「呃，怎麼會呢。」

「那會是以什麼樣的心情接他的電話呢？好朋友？還是……女友？」

刀子沒插到，直接在我心上用力地開一槍是嗎？可惡，我決定反擊：「這跟妳有什麼關係嗎？」

她的表情出現變化，目光垂下轉向吸管下的冷飲杯：「唔，學姊，妳知道嗎，文曲學長真的很好。是很好很好的那種很好。」

「我當然知道。」他原本是我的守護天使，當然很好，對我也很好。如果不是妳，我們很好的關係會一直很好下去。

「真的嗎？妳真的知道嗎？」

「妳到底想說什麼？」

「那時我很傷心，記得竹鈴學姊和曉雨學姊很關心，還來開導我，希望我說出心裡的話。天啊，那時的我困在感情裡，真像是在地獄，生不如死。幸好因為學姊，我才能走出來。」

「妳是想說，幸好有文曲學長吧。」

「嘻，學姊妳真聰明。那我也不繞圈子直接說了。」她居然給我露出那種天真無邪的笑容，「幸好有文曲學長，他像天使一樣，把我從情傷中救出來，我才能找回自信。」

「唔，他是很樂於助人。」

「妳知道嗎，文曲學長問我為什麼難過這麼久，問我是否還愛著前男友。我承認，哭著說：『可是他已經不愛我了。』文曲學長說：『妳只不過是失去了一個不想愛妳的人，但他失去的卻是一個始終深愛他的人，那麼該哭的人是妳還是他？』學長用很溫柔的話語安慰我、開導我，讓我自然而然就說出和前男友間不愉快的事，這樣，我的傷就好了一半耶。很神奇對不對？」

「可是我是個很死腦筋的女生，那段戀情的記憶太深，始終沒辦法忘懷。一開始，我很想從文曲學長身上找到寄託，轉移情感，所以經常接近他，找他聊天。」

看她眉頭上揚、唇角笑彎，我必須努力克制手指不往她的脖子伸過去。

「文曲學長總是靜靜地聽，然後會說一些讓我可以想很久的話，回應我。妳知道嗎，他還曾說過跟學姊一樣的話耶。」

「什麼話？」

「做自己，不要活在別人的期待之中。我覺得好有道理。」

那當然，因為我和曲心心相印嘛。誰叫他是我男友。呵呵。

「所以我決定做自己，忠於自己，勇敢地向學長表白。」

現在是怎樣，我怎麼頭暈嘴麻的，是快中風了嗎？……

「李恩倩，做自己也要顧到別人的感受呀！」坐在旁邊的曉雨終於忍不住憤慨出聲：「妳不知道文曲已經有女友了嗎？就是主竹啊！」

「曉雨學姊沒被人背棄過，不知道那種急於肯定自己、找回自信的痛苦。」

曉雨高中時和前男友是和平分手，現在和子謙幸福得很。被她這麼一說，完全沒有反駁餘地。

「我管不了那麼多，即使被學長拒絕，我也要任性一次。學長雖然拒絕我，但是他溫柔堅定地說：『我的心裡已經有竹鈴學姊了，對不起。』」

看吧看吧，曲的心裡是我、是我！我和曉雨互望一眼，都露出欣慰的表情。

「妳知道嗎，他愈這樣，我愈捨不得放手。不過他告訴我，我只是急於找回以前的感覺，但是時間過去了、人換了，情感再轉移感覺也是不一樣的；如果想要找回以前的感覺，只有找同樣的人，才有可能。所以他花了好多的時間、精神，找到我的前男友。」前男友？頭髮抓高高的負心男。

「他是如何讓我前男友回頭的，我到今天都還不知道，我只知道前男友回頭來找我了，要求復合。文曲學長真是很厲害、很有智慧。」

「原來那天他在『澄清』是為了要激前男友把妳追回來？」我失聲叫出。

「不然，妳以為文曲學長真的同意當我的現任男友？哈哈。」她原本無邪的表情突然變得邪惡：「原本我很猶豫到底要不要接受男友的回頭，不過，看妳那天在『澄清』的樣子，還有最近得知妳有意疏遠文曲學長，我終於決定了一件事。」

「……？」

「決定完全相信學姊妳告訴我的話：做自己比較重要。所以我決定，暫時不考慮前男友。文曲學長心中那把椅子，我坐定了！」

「太犯規了！太過分了！妳這樣做自己真是太無禮了！」曉雨生氣地指責她。

「我剛問學姊了，學姊也承認最近都沒跟學長聯絡，而且也沒有宣示主權的意志，傻子也看得出來，她不相信學長了。她不要了，我才接手，這樣很過分嗎？我先來向她求證，這樣算無禮？」

我害怕得完全說不出話來……

「學姊失去了很寶貴的東西唷。這不是我搶到的，如果不是學姊不要，我也不會得到。」

因為我的失去，所以她可以趁虛而入。

因為我失去了對文曲的相信。

相信，真的是很寶貴的東西。

「主竹，妳說話呀？」曉雨見我木然發愣，又見她一副得意的嘴臉，手肘急忙頂我的手臂叫道。

「妳得到了什麼？」

「機會。如果文曲學長沒有那麼落寞，我哪有機會關心他、哪有機會知道你們之間出了什麼事？」

他很落寞……是因為我負氣，故意不接他電話也不回簡訊？

那豈不等於我製造了機會給她……可惡，絕對不容許有人趁虛而入。

我板起臉，冷冷地說：「這樣妳就能得到他心裡的那個位置？」

「我有他的關心，他跟我說了很多鼓勵的話，妳有嗎？」她抬起下巴。

「他和我手牽著手，在校園裡他跟我說星星的故事。」

「他見我流淚傷心，曾彈吉他唱很柔情的歌安慰我。」她揚起眉梢。

「我要他的協助時，他找了好友幫我伴奏支持著我。」

「我需要走出情傷，他花了好大功夫找回我的失去。」她不服氣，繼續說。

「我們曾在天台上數星星，看雲彩，伸腳淋小雨。」

「我們曾一起去台南，用魔法為我找回男友的心。」

「我曾攬著他的腰，一起騎機車上擎天崗看藍鵲。」

「我曾做過提拉米蘇、愛心便當送給文曲學長吃。」

「他曾做香菇炒麵、洋蔥炒蛋給我吃。妳吃過嗎？」

「香、香菇洋、洋……」她原本的伶牙利喙，瞬間變成結巴語塞，臉也漲紅。

耶斯！洋蔥炒蛋萬歲！

「誰管妳吃什麼，反正是妳不要學長的。」她扁著嘴角，氣沖沖地站起身頭也不回地走了。

「主竹妳好厲害！」曉雨興奮地小聲尖叫。

我無言。這樣比較，讓我覺得自己好幼稚。

有時候，我會被自己的原則害死。

明明知道李恩倩對自己的男友虎視眈眈，還是打死不看文曲給我的簡訊。

事後回想，應該是害怕。

害怕看了之後，覺得他在找藉口，這樣會讓我們的距離愈來愈遠。

選擇不看，相信雖然動搖，但至少不會魂飛魄散。

所謂原則，在這個時候其實變成逃避。

之後幾天，我居然都和呂少軒在一起。

呂少軒很奇怪，經常找藉口接近我。一開始我懷疑他是不是又對我有意思，不過上次去東區逛街時，已經確認過，而且他也一直強調是關心失戀的學妹，學弟有義務陪伴，所以我也就放下心防。

「再說一次，我沒有失戀，不准再說我失戀。」我警告他。

「那妳和學長現在是什麼情形？」

「呃……只能算是我跟他冷戰吧。」

他可能是怕我想不開，一下課就會跑來找我，一起吃飯，一起看書，有時還來班上旁聽，總愛坐我旁邊。因為即使還有曉雨或其他同學在場，他也喜歡參一腳，我就當作他喜歡跟學長姊在一起囉，所以跟他相處也就自然許多。

直到有一晚在寢室，詩雅邊卸妝邊問：「竹鈴，妳換男友了喔？」

「哪有？」

「聽我學妹婷瑩說，妳學弟最近很開心，從一個悶騷小葫蘆變成陽光大男孩了哩。」

我沒意會過來，還傻傻地說：「喔，那很好啊。」

「唔？」她停下手，轉頭疑惑地望向我，「所以，其實妳並不排斥姊弟戀？」

「喂，妳是說、喂，不是啦，是誰亂說的？妳學妹林婷瑩？」

「緊張什麼，換了沒說一聲嘛。」

「我幹嘛跟妳說！」

「換了的話我就要接手妳前男友啦。上次跟妳說過的。」她一臉滿不乎的樣子，看不出來是在諷刺還是認真的。

「……人家又沒跟文曲分手。」

「真的？那妳學弟怎麼回事？聽說他一副找到真愛的幸福模樣。」

呂少軒……

第二天上課，我刻意找了靠牆、其餘三邊都有人坐的位置。

片刻之後，他興沖沖出現在門口，往我這邊過來。

「學姊，我能跟你換位子嗎？」他向坐在我左邊的曉雨要求。

「學弟，那邊還有位子啊，你坐那裡。」她指向講台前。

「嗯……我想跟我學姊坐一起。」

「可是我想跟我男友坐一起。」曉雨手肘勾著左邊的子謙，面無表情地回絕。

「喔。那對不起。」他轉向我前面的詩雅問：「學姊，請問，我能跟妳換位子嗎？」

「不能。」詩雅給他一個白眼。「你大一的心理學都還沒修完，就來聽大二的社會心理學，應該會很吃力，所以要聽清楚一點，去坐前面。」

他又移到我後面問：「學姊，請問——」

「不能不能不能。我要躲在竹鈴的馬尾後面打瞌睡。」芫媛直接回絕。

他失望地瞄了我一眼：「學姊，我們要不要一起坐前面？」

「不要。」我用零度的語氣回。

他低下頭，百般無聊地往教室前面走。

詩雅回頭向我抬下巴：「欠我們一頓。」

我立即點頭：「感謝幫忙，晚上就去。」

「我也照妳的要求回絕了。前菜？」身後的芫媛用筆戳我背。我立馬從背包裡取出一包薯條遞給她。

結果，教授今天上課抽問的問題，都直接點坐在面前的呂少軒問。他在手足無措的情形下，回答得亂七八糟；還被教授唸他不認真。

「好可憐。」曉雨低聲說。

「希望他知難而退，別再煩我了。」我聳聳肩。

之後，他單獨約我出去，都被我找藉口推掉。

最後，甚至連手機來電，都直接被設定拒接。

學弟，我現在自己和曲的關係都處於徬徨期，你想進來的時間真的不對。

而且，我心底的那個位置，真的不是你想坐就能坐的。所以，對不起了。

第十八話

圖書館二樓的閱覽室。人很少。這是我與曲最初邂逅的地方。

沒有曲在身邊的日子，雖然只有一個月，但像一世紀那麼長。

少了他的話語在耳畔，雖然努力裝堅強，但像踩在浮雲上。

很虛浮，很心慌。

不要以為這樣就會退讓。

靠著堅持原則一路活下來的我，仍然死硬著脾氣不開手機簡訊匣。但是每回經過圖書館，仍然會被腳下的原力不自覺地推進二樓的這裡，想看看他是否依然在那個靠窗邊的位置。

還想順便看看他身旁的座位，是否保持空著。原來是我坐著的那個位置。

今晚他的身影，依然如昔在那個位置。身旁的位置是空的。

踽踽踱步，我走下樓。在樓梯間剛要上樓的一個身影閃出，我們互望一眼，都不經意停下來。

是文曲班上的同學。卓珊珊。那個在球場邊，靠在曲的肩頭上哭的女生。

「妳是來找文曲的齁？」她先露出微笑。

為了化解空氣裡微微的尷尬，我也只好微微一笑：「不是。」她卻馬上收起笑容：「妳不是還在吃醋吧？」尷尬的空氣馬上雲霧撲面，還濃得化不開。所以我的笑容應該就僵掉了。

她突然拉起我的手：「走，我請妳喝飲料。」

我還沒說好不好，就被她半拖半拉地往外走；反應的機會完全不給。她把我拉到大雅餐廳。也不管我生平多麼討厭，還直接幫我叫了一杯奶茶。看來她真是個不管別人怎麼想，做什麼都擅自作主、做了再說的女生。

「我跟妳說，文曲真的很好很好，妳一定要好好把握。」

把不把握到底關妳什麼事啊。我心裡犯嘀咕。

她見我沉默不語，也不管我想不想聽，嘰哩呱啦開始說了一大串。

她先說會知道我和文曲在一起，不是低調的文曲說出去的。是有一次她與班上的侯志堅、黃海英聊八卦，提及上次電機盃籃球賽時，看到一個漂亮女生，整個人不顧形象地在為文曲加油；侯志堅說好幾次看到她和文曲坐在一起吃麵。他們不敢問向來不提自己私事的文曲，上網一查，發現我是社福系的，又有許多關於我和曲的流言蜚語，討論結果認為我應該是曲未公開的女友……

我望著卓珊珊。這樣不顧別人感受，就直接把心裡想說的全部說出來的直率女生，會不管文曲願不願意，就直接把臉靠在他肩上、把失戀的傷心丟給像心情垃圾筒般的他，可沒什麼好懷疑的。

她見我不搭腔，又說了很多文曲的優點。人緣好，心地好，長相也好，用功認真就不用說了。說到長相時不知是錯覺還是她說話過於激動，我怎麼覺得她好像臉頰有些泛紅。

我在胡思亂想時，她卻突然安靜下來問：「我很吵是嗎？」

「喔，不會。妳請說，我想聽。」曲在傾聽時，也會在這時給予立即性的回應吧。我似乎感受到了曲當時的心情。

她似乎安心了些，又開始說。其實班上很多女生私下都很喜歡文曲，但是文曲總是不跟任何女生走得特別接近。中秋節時，班上幾個同學聚在侯志堅租屋的寢室吃火鍋，三個男生、三個女生，只有文曲孤單一人。大家瞎起鬨說他眼光高，甚至虧他男男戀，他都淡淡一笑。餐後散場，侯志堅私下跟她說他覺得文曲最近怪怪的，常常有心事的樣子，比較少笑容。她問他為何沒看到那個社福系女生，他也發現在校園或自助餐見到曲一個人有好一陣子。所以她猜到我和曲可能吵架冷戰了。

「那妳為什麼……」

「猜到妳還在吃醋？因為妳們系上那個直髮變鬈髮的學妹還不時出現啊。不過放心啦，看得出來文曲並不喜歡她。」

「其實，我們之間的問題，並不是她。」不期而遇的卓珊珊，真的很關心文曲，讓我覺得自己也該適時自我揭露一下。

「蛤？這樣……原來還有別人啊。」她有些意外，但隨即又露出笑容：「這麼低調卻有光芒的人被妳從人群中挖出來，可見妳的眼光不錯啊，就算不相信他也應該相信自己的選擇。」

「為什麼妳認為他喜歡的……是我？」

「如果他另有喜歡的人，為什麼最近見到他，都沒有之前那種笑容。」

「哪種笑容？」

「陽光裡飄著橘子香，既溫暖又乾淨。」

「妳好會形容喔。咦，妳對他……」

她睜大眼睛，露出尷尬表情：「別誤會，只是我失戀的時候，他有幫過我，他也有幫助過侯志堅，我們都很關心，如此而已。」

「我知道。因為妳喜歡的是侯志堅。」

她的臉頰刷過一片嫣紅，眼中盡是不解我是怎麼猜到的。

和卓珊珊道別後，我的心情變得輕鬆起來。

對啊，我的選擇應該是正確的，連不熟的卓珊珊都這麼認為了，自己還在遲疑些什麼呢。

從她的描述看來，曲說他心裡的另外一個人，並沒有讓他幸福。

吃火鍋時一個人、和我在一起時的笑容消失，怎麼想都不幸福。

那個人到底是誰，就算始終是存在曲的心裡，也不像是他戀人。

不知我這麼想，是正確推理還是自我安慰，但不求證怎麼確定？

我決定打開手機裡的簡訊匣，看看他先前告訴我什麼。

結果手機剛好沒電。

不管，今晚我一定要看到那個笑容。陽光裡飄著橘子香，既溫暖又乾淨。

所以我快步往圖書館走去。

在往圖書館的途中，仰望天際。晚風冷凜，星星很少，只剩月亮。

愈走愈快的腳步中，想起最初。當時的我，朋友很少，孤單心傷。

命運交錯的邂逅裡，遇到了他。後來的我，讓心敞開，只有幸福。

感情如果沒有相信，再深的情，也難以為繼。這個道理，沒有迷霧。

但是發生了什麼事，讓我變成一個猜疑的傻妹。

想著想著，圖書館已在眼前。

眼前身影，卻讓我止住腳步。

文曲低頭，望著掌中的手機，正步出圖書館大門。

另一身影，從後往他撲過去，整個人趴在他背上。

他被驚嚇，惹得身後的她大笑，笑聲銀鈴般悅耳。

他轉過身，斥責著什麼，但是沒有怒意，反而笑著。

心型耳環，路燈照耀下，在長直髮的耳鬢閃閃發光。

我見過她……

是在高雄海邊，那個有仙女棒與流星雨的夜空下，學弟傳給我的照片上。

我記得她的眼瞳很黑很大。

她的笑容超甜，挽著文曲的手臂，兩人逕往校外走去。

我的心境黯淡，望著漸遠的身影，心中猛然下起大雨。

那個笑容。陽光裡飄著橘子香，既溫暖又乾淨。在他臉上。

江竹鈴，原來妳真是個傻妹。妳的原則從來就沒有錯啊。

心中的雨下太大，雨水溢滿出眼眶……

「喂，誰的手機不小心掉了？」芫媛從垃圾筒中拎起我的手機叫道。

「那是竹鈴的啦。」詩雅不耐煩地翻白眼。

「誰准妳把它撿起來的。」我的表情冷，語氣冷，心更冷。

三人六道目光射過來，室溫瞬間降到冰點。

「妳的意思是……妳不要它了？」芫媛花了快一分鐘才理解我的話。

我的目光仍然停留在書頁裡，不想搭理。

芫媛從沒看過我如此面若寒霜，連忙把詩雅、曉雨拉出寢室門外說悄悄話，還刻意壓低聲音：「她怎麼了？」

「主竹說她終於看到文曲心裡真正喜歡的那個人，她絕望了，為了徹底忘了文曲，就把手機扔了，連文曲寄給她的簡訊和E-mail也全刪除了。」

「這麼絕？看來這次是真的要分手了。」

「到底那個小三是誰，居然能戰勝固執鈴？」

「不知道耶，應該要比主竹還漂亮好幾倍，才能搶走文曲吧。」

走廊上的迴音把三個人窸窸窣窣的內容完全傳進房間，惹得我心煩意亂。抓起外套，我想出去透氣，想不到詩雅堵在門口：「想逃避？」

「不用妳管。」

「我是不想管，但是把手機扔掉就能把所有回憶扔掉？妳也太可笑了。」

「想笑就笑吧，反正我就是一個抱著可笑原則的傻蛋。」

「我是說，妳至少去電信公司辦個停話再扔吧，不然，帳單會一直寄來，不知道的人也會一直打來的吧。」她伸出手，手機在她掌中震動著。

我一定是氣傻了，才會連停話都沒辦就把手機扔進垃圾筒。

我接過手機：「喂？」

「學姊，我是仁傑啦。」

蔡仁傑？他從來不曾私下與我聯絡的。「學弟？」

蔡仁傑說他們正在為呂少軒辦慶生會，想邀學姊們參加。我說我不想去，把手機交給芫媛。芫媛聽到有吃的，大聲叫好，還說我們四個一定會到。

「去嘛去嘛，就當去散散心吧！」

「學弟生日，其他學姊都到，只有直屬學姊推拖不到，一定會被人唾棄恥笑。」

「反正吃塊蛋糕就走，大家一起，又不是只有妳一個人。」芫媛、詩雅和曉雨輪流勸我。看來室友們也是出於好意，我不想因自己的情緒辜負她們，終於點頭。

在前往山仔后的途中，詩雅遇到社團的夥伴，說是臨時找不到人開會，硬把她拉去社辦充人數。

「我先去充個場面，坐個十分鐘就來。」

到了呂少軒的租屋處樓下，曉雨的手機響了。是她男友左子謙打來的。

「幹嘛？人家要去參加主竹他學弟的慶生會啦……吵什麼啦……死相……」甜孜孜的語氣，嬌羞的模樣，看得出來在和子謙打情罵俏。

「厚！是要講多久啦？」芫媛的肚子超易餓，不耐煩地猛跺腳、碎碎唸。

曉雨做了一個手勢，表示還要再講一會兒。我和芫媛只好先上樓。

「思念糾纏著我，閉上眼我就忘了恨妳的理由，想起那些溫柔～～」

還沒進門就聽到房間裡傳來唱歌的聲音。蔡仁傑來開門，我發現是呂少軒對著電腦播放的KTV伴唱MV在鬼叫。

「一無所有，我的天空，總要在說完再見以後才開始明白愛多濃，今晚你想念的人是不是我！我想念的人會不會懂～～」

他沒注意到我們來了，還盯著電腦唱個不停。

房間比我上次來的時候凌亂。桌上擺著切開的蛋糕、滷味和好多的酒瓶。從兩個杯子看起來不像曾有很多人在慶生，只有他們兩個。

「少軒，你學姊來了。」蔡仁傑過去按滑鼠，讓畫面變小。呂少軒回過頭似乎才發現我們，他趕緊招呼我們：「學姊，妳們來了？坐呀坐呀。」

我發現他滿臉通紅，還酒氣沖天的。

「吃的東西怎麼只有這樣？哪夠吃！」芫媛望著桌上的食物失望道。

「夠夠夠，還有人會帶吃的來。」蔡仁傑拿起手機：「喂，你們死哪去了？叫你們買個炸雞買到土耳其去唷？嘎？東西太多拿不完？好啦好啦，我和我學姊去幫你們拿回來。」

「多到拿不完啊？是仰德大道那家麥當勞嗎？走走走，我們去幫忙。」

「那竹鈴學姊妳先坐一下，我們馬上回來。」蔡仁傑臨走時拍了一下呂少軒的肩膀：「學姊來了，你開心一點吧。」就和芫媛溜下樓了。

開心一點？他不開心嗎？

「學姊，喝啊。」他倒了一杯啤酒給我。

我搖搖手，自己拿起旁邊的易開罐果汁倒在紙杯裡：「學弟，生日快樂。」

「喔。謝謝。」他把那杯啤酒舉起來和我碰杯。

居然一飲而盡。

「喝慢一點！你這樣會醉的。」

「我就知道學姊還是很關心我的。」

「蛤？還好吧。說來慚愧，比起詩雅、芫媛，我比較少照顧你。對不起啦。」

「學姊，我給妳的感覺是不是很討人厭？」

「怎麼會呢，因為你給我的感覺就是很獨立、很優秀，你不是說過，自己高中時候什麼都第一名，像個明星一樣。所以我很放心，也認為你其實不需要我太多的指導吧。」

「唉……」他嘆了一口氣，又倒了一杯酒，「妳還是一樣，總是閃躲我。連我的問題也不願正面回應。」

閃躲？總是？我該回應什麼呢？

咦，為什麼慶生會變成只有我們兩個……室內的空氣開始瀰漫著困窘。

「我是問妳對我的感覺。」他又一口喝乾。

我拉住他的手阻止他再倒：「別喝了，你醉了。」

他抬起眼神望著我：「醉？不會。這東西不會讓我醉的。這世上只有一件事能讓我醉的……」

捱？又要告白了嗎？不、不要啊……我真後悔被室友勸服跟著來。

「就是妳的笑容。」

「我去幫芫媛她們拿東西好了——」我起身要走。

他的語氣變得哀傷：「連我生日妳也急著要走？我就這麼惹人討厭嗎？」

咦，是受了什麼委屈嗎？在這種時候女俠細胞一定會活化的我，不由自主地又坐回去：「你怎麼了？」

「從小，我就一直是父母眼中的乖孩子。功課第一，體育第一，心算、繪畫、小提琴沒有不精通的，什麼競賽都拿獎，所以我說我在高中以前，都像個明星被父母捧著，被同學拱著，被女生圍著，真的不是臭屁啊……」他醉眼矇矇地說著，語氣裡卻不是快樂。

「所以我說學弟很獨立，我很放心，也沒騙你啊。」

他不以為然地瞥我一眼，又喝了一杯：「學姊很有自己的原則，是因為學姊從以往的經驗認知原則就是理所當然。我也從一路的成長學到一個原則：只要努力，沒有什麼是不能得到的。所以我一直很努力，妳知道嗎？」

「嗯，有原則很好啊，你的原則也很棒，所謂有志者事竟成嘛。」我不知死活，還給他同理心。

「妳有沒有想過原則有時也可能是錯的，或者，它有時也是有例外的？」

「怎麼可能？我從來不認為，至少我的原則都是對的。」一隻心型耳環突然出現在眼前，在路燈照耀下還閃著刺眼的光。

「有志者真的什麼都能成嗎？那為什麼我做了這麼多，還是不能成功得到妳心，得到的只有妳的躲避？」

「少軒，其實你可以找到更好的女孩——」

「妳是最好的。」

「我自卑、人緣差、脾氣固執、原則一大堆，怎麼會好？我不適合你——」

「妳亮麗、心善良、有正義感、喜歡照顧別人，怎麼不好？妳最適合我，是唯一適合我的。」他愈說愈激動，竟抓住我的手腕盯著我：「妳知道嗎，詩雅學姊請大一學弟妹到大雅餐廳吃自助餐那晚，我的心就被妳抓走了，興中堂的迎新晚會在搞什麼，我完全不知道，只知道妳在，在百花池廣場妳教我功課，我就已經下定決心，今生唯一的女友就是身邊的妳了——」

「你醉了……」今生唯一？愈說愈離譜。我試著抽回手，但他愈抓愈緊。

「是妳讓我醉的！妳知道營火晚會點〈不是不想〉給妳的是誰？」

我的思緒愈來愈混亂，已不知如何回應他，慌亂中竟然說：「原、原來那個『知名不具』是你？誒，那『妳知我誰』又是誰？」

「當然也是我。」

「哪有人家一次點兩首的，犯規啦。」咦，現在是討論點歌規則的時候嗎？……

「妳有聽到我心裡的聲音嗎？」手腕被他拉向前，他的臉往我臉靠過來……

「我、我沒辦法聽到，因為、因為我的心裡總是有另一個人的聲音——」

「他的聲音已經過去了，現在在妳耳邊的是我心裡的聲音……」他的鼻息已經拂撲我的臉，「我喜歡妳——」

過去了？文曲已經是過去了？

對了，我的點歌卡還沒被唸出來，還有，曲是點什麼歌給我？曲有點嗎？

不，我們還沒結束，因為他對我的感覺，我還不知道，我心裡的想法，也還沒有告訴他啊——

我把臉別過去，閃掉他往我唇上移過來的吻，用力推開他：「我要走了！」

我起身步向門邊，才把門打開，他竟追過來又抓起我的手：「妳不知道我多麼喜歡妳！我從沒有失敗過，從來沒有女生會拒絕我，今天我不能讓妳走——」然後把我推向牆壁，帶著酒氣的嘴唇直接搜尋我閃躲的臉，被他壓在牆上雙手因掙扎而痛楚，我失聲大叫：「你走開啦！」

他還是不放手，全身壓在我身上。我扭曲著身子用盡全力閃躲他：「我不要！」

仍然無法掙脫，惶恐像恐龍張開的大嘴猛然吞噬我……

「天使救我——！」驚駭中我大聲尖叫、失去理智不知所謂的尖叫。「曲救我——！」

「放開她！」

不知是期待還是幻聽，一個堅定的聲音彷彿從什麼地方傳進室內。

呂少軒狂亂地在我頸部逡巡的臉忽然離開抬起。

從散亂的髮隙間發現他正望向門外，我趁機使盡全身力氣推開他就往門外衝，看到轉折的樓梯下有兩道目光、像黑暗中的曙光往我身上照來，讓我激動不已……曲！

張口正要喊，但仍被呂少軒抓住的右手倏忽又被他扯住，震得連內臟都被移位，害我痛楚得哀叫出來。

「你給我站住！」他對著下層的樓梯間吼，文曲的腳步因而止住。

「你嚇到她了！」文曲和我們隔著十二級階梯，嚴厲地說。

「她都不要你了你還來幹嘛？」

「她是你學姊，你這樣對她？」

「她是我的！我想要的，就一定是我的！」他情緒失控。我被抓著的右臂因為他狂亂地搖晃已經發麻了。

「我永遠都不可能是你的！我喜歡的是曲！你醒醒吧！」為什麼要被他這樣對待？氣憤蓋過害怕，我直接嗆他。

他像被雷打到般愣住……猝然，我彷彿看到一個巨大、幽冥、令人不寒而慄的黑影浮現在他身後，在他耳邊說了什麼……

他原本帥氣的臉孔剎那間變得猙獰，把我拉向他，怫然惱怒的氣吹在我臉上：

「我得不到的，他也別想！」

然後我整個人就被一股巨大力量推向空中，呂少軒的臉愈來愈遠，髮絲從我臉龐兩側向前飄起，雙臂不能控制地往上方浮起——

驚乍懾魄的心臟急速收縮、顫慄魂飛的瞳孔一秒變細！因為我的身體開始被邪惡力量吸往地獄、從空中往後直線下墜……

帥氣的父親頭也不回地出門去、媽媽簽字離婚後痛哭的模樣、我和哥哥在家門外等到黑夜降臨、高中時被假柔和她的死黨關在廁所的我是那樣無助、在圖書館哭泣時身後遞上的手帕、第一次看到文曲側臉時的心跳、那些跟蹤著文曲想知道他是誰的心情、文曲第一次牽住我的手是那麼地溫熱、大典館天台上的星空永遠璀璨浩瀚、回高雄在阿嬤家吃的香菇炒麵、在曲以前的學校盪鞦韆時我怎麼還在猶豫、摩天輪上許的願望和耳鬢的燥熱、老是讓人認為介入我們的李恩倩居然變化這麼多、卓珊珊跟我說的話到底可不可信、剛剛慫恿我來的室友們哪去了、今晚的慶生原來只是蔡仁傑看呂少軒不開心故意幫他製造的告白機會……

聽說神會讓瀕死之人，回顧生前的每一次經驗，在眼前如走馬燈般重播，原來是真的。我已經看到自己一生種種……

曲啊，還沒跟你道別，我就要離開這個世界了，這遺憾讓我好想哭……

我走了之後，這個世界還有誰會記得我？曲，你會不會忘了我？……

「別怕……」身後的曲在耳畔告訴我。就像第一次他跟我說的話語，仍然那麼溫柔、堅定，讓心的起伏一下子就被安全感撫平……

在第一次劇烈的撞擊前，又結實又柔軟的溫暖包覆觸碰到我整個背後。那是曲的身軀，總是藏在白色襯衫裡；那也是曲的靈魂，總是埋在熾熱搏動中；都是吸引我心、牽引我魂的東西。

「砰」的一聲！是那麼沉重！是我的心壓住曲的心、被地心猛力吸著，快碎了、快裂了、快散了的聲音！之後我的五臟六腑開始翻攪撕扯，暈眩感全然麻痺了神經！

「別怕……」一陣旋轉後，曲又在我耳畔這麼說。我的後頸與後腦被什麼固定住，接著就是更強大的撞擊！

我知道那是他的手心，既溫熱又有力量。我握過後就永遠不會忘掉的感覺，會想永遠握住不放的感覺。

如果還有永遠的話……還是，這次已經即將成為永遠……

轟的沉悶聲！回應我的是骨頭急著衝出肉體的支解聲……

又幾個旋轉，覺得自己已無法再承受，在胃裡的東西快要急劇吐出之前，第三次的撞擊很快又發生！是什麼聲音已無法判斷。因為失去了知覺……

昏沉之間，不知是經過幾秒還是幾世，眼前出現一道白光。

我以為自己的面前是天堂，但被曉雨驚恐的尖叫聲喚醒，才發現自己眼前的白光是騎樓下的日光燈。我掙扎坐起，看到曉雨站在面前，眼睛睜得好大，還用手摀住嘴克制叫聲。她衝過來扶我，嚇到語無倫次：「竹、竹妳、妳還好嗎？怎、怎會這樣……」

左手試著撥開披散的頭髮，我努力讓自己恢復鎮定，但失速的心跳還是難過到不能呼吸，口中只能發出無意義的呻吟。

「啊——！」她忽然又尖叫。

順著她的眼神回頭望向身邊：躺在冷硬的騎樓地上的，是文曲。

是文曲代替我躺在冷硬的地上。大量的血流下人中、湧出口角……

曉雨跑到巷口外大聲呼喊救命。

「別怕……」見我能坐起來，他還緊握著我右手的右手逐漸鬆開、癱軟。

我的身體劇烈顫抖：「曲……你怎樣啊……」

血一直流，從他的口鼻、耳孔大量地流、汩汩湍湍地流……

我一直擦、從他的口鼻、耳朵大力地擦、驚惶失措地擦、擦、擦……

「不要流了不要流了不要流了不要流了不要流了——不要！」

望著在血泊中的他瞳眸突然渙散，我想放聲大哭卻哭不出來……

腦中一片空白，靈魂一下子飄出身體，失去依附、失去意識。

第十九話

華岡的冬天向來很冷。不管是雨霧霏霏，還是偶然薄陽。

但是只要心中有炬光，再冷的風吹也不會讓人感到徬徨。

現在，炬火滅了，光線弱了，冷風一吹，心就感傷迷惘。

我心中的炬光，是曲。

他衝上前緊緊抱住被推下樓梯的我，墊在身背讓我壓住他、手掌護住頭後不讓我受傷。我們一起從三樓摔下滾到騎樓，受到的碰撞挫擊他全部為我承受。

所以當我從驚嚇中甦醒，發現病床上的自己奇蹟似地全無傷痕。

但他躺在醫院已經一個星期了。背部、手臂及腿上大片可怖的瘀青，頭部受撞使他至今未醒。

我在加護病房外向上帝祈禱了一天一夜，哭得眼睛紅腫。因為滴水未進，最後體力不支，又被送進病房吊點滴。

曲的家人來醫院看他時，我正發高燒陷入昏睡之中。我真沒用。

這樣也好。如果遇到曲媽，我一定會內疚到崩潰想死。都是我害了曲。

可是曲媽知道了，卻還來病房安慰我，告訴我期末考快到了，要我以課業為重，不要再擔心。我哭著說不出話，情緒太激動，她緊張地喚醫師來，結果醫師為我打鎮靜劑……

再醒來時，從曉雨口中得知曲媽為了我好，幫曲辦了轉院，也不讓我們知道轉到哪去了。

出院後，內心的防衛機轉逃避現實地告訴自己：曲一定會沒事。一定沒事。

然後我每天在圖書館二樓的閱覽室，坐在曲的位置，努力唷書，努力不去回想，努力不讓自己的淚水再掉下來。

還有，聽說呂少軒酒醒之後得知自己闖了禍，居然害怕得馬上辦休學。

這樣也好，以免在校園裡遇到了，會被我衝上去掐住脖子。

但是我真的好想曲。

唷書以外的時間，清醒時恍惚渺渺，入夢後淡淡輕笑。

都是因為耽溺於思念的毒藥，想著曲對我的好。

室友們也都避免跟我談起曲和呂少軒的事。事後回想，真感謝她們。

幾天後的一個早上，我坐在閱覽室；有人輕拍我肩頭。我回頭：是王靜恬。

我們步出閱覽室，她先跟我簡單寒暄幾句，然後從大衣口袋掏出一個東西遞給我：是文曲的手機！

桌面上是在小學裡盪鞦韆時，他為我拍的照片。照片中的我，笑得很燦爛。

我用顫抖的手接過：「怎麼會在妳這？」

「是蔡仁傑去幫呂少軒搬家，在他公寓的騎樓角落撿到的。他說幫呂少軒騙學姊去為他慶生，想不到竟出意外，覺得很內疚，所以請我轉交給妳。」是曲抱著我摔到騎樓時，從口袋裡掉落的……

「妳幫我轉告仁傑，我不怪他。他只是見呂少軒不開心，想幫他而已。」王靜恬怔怔地望著我：「學姊，妳人好好喔。要是我，一定把他們兩個搥死。」

「他不過想讓呂少軒幸福一點而已。」我擠出一絲笑容。

其實，我是學習曲的淡然與豁達。

因為我想起那場電機盃的籃球賽。曲是讓法律隊勇奪亞軍的最大功臣，但最後一球沒進，卻遭到黃海英他們的責難，他沒有怨言，反而低頭說抱歉。

我始終疑惑於曲為何要故意讓最後一球不進，更不解為何他能沒有怨言。現在靜恬轉交曲的手機，卻讓我霎時明白了一半。

因為看到別人幸福，自己一定會有幸福的感覺。

像我一樣，他也喜歡看到別人幸福。

冠軍已經沒了，若再有爭功或怨言，大家努力換來的，想必只剩彼此埋怨，無論如何都不會是幸福吧。

睹物思人，手握曲的手機，更想念他。回寢室充電後，發現它摔壞了，除了桌面，內容都無法點開。我連忙帶著它下山找手機行修理。店家說要幾天才能修好；心裡急，卻也無可奈何，誰叫自己賭氣把他寄的簡訊和電郵都刪光了。

兩個星期後的一個午後，我讀累了，在校園裡踱步，心中複習著課文。

經過百花池邊，察覺身後有人跟著我。為了平復心情專心準備期末考，出院後至今除了曉雨，我誰也不想交談，所以我快步離開；但身後的人似乎如影隨行。

我加快腳步，那人像個背後靈般亦步亦趨。

火大了，正要回頭開罵，就聽到身後：「不好意思，請問……」

我怒氣沖沖轉身。一個身形娉婷婀娜的女生，睜著大眼，用細甜的聲音問：「妳是社福系的江竹鈴嗎？」

我不認識她，只認得她的耳環。

心型耳環，陽光照耀下，在長直髮的耳鬢閃閃發光。

可惡，情敵直接來嗆聲嗎？她親暱地黏著文曲的樣子，一浮現腦海還是讓人風火大。

我該如何反應？該罵她死小三嗎？她會不會扯我頭髮？

她是一直留在曲心中的人，那我呢？既沒有取代她的位置，還有什麼資格跟她爭？這樣想來，自己應該才是她和曲間的小三吧……

是我心虛還是她註定？怎麼覺得她和曲很有夫妻臉……

打死不做小三的江竹鈴，終於還是難逃變成小三的歹命？

唉！想罵就罵吧，想甩巴掌也行。是我害妳的曲躺在醫院的。我緊閉雙眼，準備逆來順受。

「妳累了嗎？」她小心翼翼地問。

咦，不是要給我一耳光嗎？我睜開眼，不解地望著她。

她把手機的畫面轉向我：「妳是她，對吧？」

是我在迎新晚會上唱歌的影音檔！

「我……就是她。妳……想怎樣？」我怯生生地回答，眼角餘光瞅向她另一手，生怕漂亮的指甲隨時往我臉上抓來。

驟然，她雙眼像兩輪新月瞇起來，呵呵呵地笑得好陽光：「妳好漂亮唷。」

喂，我喜歡的可是男生喔。

「我到妳系上找，遇到的人都說圖書館附近比較容易遇到妳。我知道喔，因為你們是在圖書館邂逅的，對不對？」

「妳、妳是說我和曲？呃，妳怎麼知道的？」

「我怎麼可能不知道？嘻嘻。」烏黑好看的黑瞳轉呀轉的，不知她在想什麼。「我遠道而來，妳不請我喝杯飲料嗎？」

一杯飲料就原諒我這個小三？太好了！「喔，好啊。」

我做了個請的手勢，開始往大雅館移動，心型耳環女居然自動挽著我的手臂，還用很滿意的表情盯著我瞧。

有必要這樣粉飾太平裝親切嗎？……

往餐廳的路上，還遇到要正去系辦的詩雅。她投來被雷劈般的錯愕眼神。

我知道她在想什麼，回寢室後她一定以「固執鈴轉性跳槽到女女戀界了」為題，大肆八卦一番。

在大雅餐廳，心型耳環女只點了一杯紅茶。我跟著她點紅茶，然後找了角落的位置。落座後，我尷尬地攪著茶，想著該怎麼解釋自己不是故意介入做小三的，真的是在不知情的情形下才……咦，她還是笑嘻嘻地看著我，看來好像並不怪我。但是，天下有這麼寬容仁慈的正宮嗎？……

「呃哼。」我清清喉嚨，覺得和陌生女生這樣大眼瞪小眼地對飲下去真的太怪，決定主動找話題。「妳說妳遠道而來？」

「嗯，我從台中上來。」她輕蹙眉心，「人家坐很久的車吶，專程來的唷。」嬌嗔個什麼啦！曲又不在場。難怪曲的心被抓緊緊，她撒嬌時還蠻可愛的。

「那，妳不是專程來找我的吧？」呼！我終於導入正題了。

「當然是專程來找妳啊，老早就想來看一下傳說中的妳到底是什麼模樣。」

來了！迂迴半天終於要說來意了。要打要罵還是浸豬籠？說吧。我準備好了。

「妳和他什麼時候結婚啊？」

「結婚？和誰？」

「文曲啊。」

「請別諷刺了……我不可能破壞別人的。那不是我的原則。」

「蛤？妳不喜歡他？」她收起笑容。臉上的表情是真驚訝還是假掰耍我？

「呃，我……再喜歡他也不會跟他在一起了，希望妳不要誤會，我真的不是故意破壞的。」

「不是故意？就算是不小心喜歡上那也是喜歡呀！喜歡就要在一起啊。喜歡他會破壞誰？」

「破壞你們呀。」

「我們？我們都超喜歡妳的，怎會是破壞呢。」

「蛤？」連妳也喜歡我，是要三人行嗎？還是要我做小妾？想不到她這麼開放……我努力壓抑心中的驚嚇：「妳認識曲多久了？」

「怎麼這樣問呀？」她露出疑惑，「我念大一，當然十九年啦。」

「十九？」就算要強調青梅竹馬，也不必從出生就開始算吧。

她秋波一轉，紅唇一噘：「不管啦，你們一定要在一起。人家不要別人，只要竹鈴姊啦。」

「妳要我？」天啊，心臟快受不了啦！比我小一歲的女生、開放觀念竟可以這麼大。

「幹嘛硬要拉我在一起啊……」

「妳不跟他在一起，我哪來的嫂嫂啊。」

「妳嫂嫂是誰呀？」

「我當然希望是竹鈴姊呀。」

我一怔，霎時，回神起身大叫：「誒？誒？誒？妳不是、妳妳妳是——！」

「是啊，我是文晞。我哥沒跟妳提起我嗎？」

「所以文曲是妳哥？」

「不然他應該是我誰？」

「啊哈哈哈哈，當然，他當然是妳哥，不然還會是誰，對吧……」我一腳踩爆尷尬霹靂地雷，又糗又囧的火花射得我滿臉豆花。「喝茶、喝茶。原來妳已經長這麼大了，呵呵。記得上次看到妳時妳才小學啊，難怪認不出來。」

「小學？妳是說看到我哥書桌上那張照片吧。」眼波忽現慧黠，她放聲大笑：「原來妳以為我是小三啊？哈哈……」

誰叫妳的小虎牙現在才露出來嘛。我坐回，吸了一大口紅茶，把兩腮鼓大。

陡然，文晞止住了笑：「咦，不對啊，竹鈴姊和我哥是不是出了什麼問題？」果然是兄妹，察顏觀色的能力也很強。

「沒、沒有啊……」聲音愈講愈低，自己心虛得很。

我居然把曲妹當成在曲心底的那個人，真是醋吃太多酸傻了。那，曲心底一直在的那個人到底是誰……

文晞見我不講話，體貼地主動娓娓述說曲的事。她說哥哥其實從小就是個沉靜內斂的男生，講話超節省的，小學時還一度被班導師誤以為有自閉症。來家庭訪問後，曲媽跟老師說，他只是喜歡活在自己的世界而已，不是拒絕和別人往來，他還很關心家人，媽媽工作回家累了他也會主動遞茶拿拖鞋的，還請老師注意他和同學的互動就知道他不是自閉，只是話少。後來老師發現曲的笑容不是白痴的那種笑才釋懷。文晞說這些，是希望我不要因為曲的話少而誤會，因為曲很多事情都放在心裡，但不表示他不喜歡我。

我問文晞她怎麼知道曲喜歡我的。文晞終於又恢復彎彎的笑眼說，去年放春假哥哥回家，話突然變得比較多了，還會問她一些關於女生的事，像「女生喜歡什麼東西」之類的。雖然問得迂迴，但她一聽就察覺有異，聯想到若放假在家他都躲在房間裡和別人線上聊天，這些改變讓她認為哥哥一定是有了喜歡的人，所以告訴他一般女生都覺得在海邊和喜歡的人一起聊天、看星星、玩仙女棒是很浪漫的事；當時他聽了還露出小虎牙說那很有趣。但文晞再怎麼逼問，曲就只是笑笑，沒有對她多描述我。

「考上大學後第一次放假回家，一進門就聽媽媽說：『妳哥哥帶女友回來了，她很漂亮喔。』我就超高興的。我知道再問他也不會說，上網搜尋，就發現竹鈴姊的歌聲了，很好聽喲。」她晃晃手中的手機。

呵呵，我發現文晞真是個善體人意又可愛的小姑——呃哼，小姑娘。

「上次我來這裡找哥，巴著他一定要他說妳的事。」嗯，妳趴在他背上的情形我看到了。她科科地笑著：「他說妳是社福系的，是個什麼事都愛講原則的可愛女生唷。好久沒看到我哥這樣子笑著了，妳知道嗎，是發自內心的笑喔。」

「妳不是說，他雖然話不多，但是和同學互動時也常笑的嗎？」

「那是在發生『那件事』之前啊。後來他真的變成自閉，一度都不會笑了，不是嗎？」

我不知她在說什麼，只能發愣地看著她。她臉上的笑容頓時消失，臉色大變，緊張得連手中的杯子都抖起來：「妳不知道那件事？我、我以為……他已經跟妳講過了……」

「妳說的事是發生在他——」

「他高一那年啊，就是害他被說是……的……那……件……事……」她聲音愈講愈低，似乎從表情發現我是裝作知道。「看來妳真的不知道鄭書語的事。」

鄭書語？占據他心底的果然是個女生。「妳告訴我啊？」

她原本的開朗被一層寒霜籠罩，低頭不發一語，默默地吸著紅茶。

「唏，妳告訴我啊，告訴我好不好？到底發生什麼事他變得封閉啊？」這是最接近曲心中祕密的時候了，我緊張起來。

「那件事對哥的傷害太大，也害我和媽媽都不快樂。我不想說，除非他自己告訴妳。」她蹙眉：「奇怪，這一陣子打電話他手機都沒開機。對了，今天妳怎麼沒跟哥在一起啊？」

我這時才忽然想起，趕忙抓起她的手問：「妳哥還好吧？」

她被我的緊張嚇到了：「怎麼了嗎？我哥……」

「妳……他昏迷的事妳不知道嗎？」

她大驚失色，嚇到杯中的茶都因顫抖灑在桌上。她連忙拿出手機向曲媽求證；原來曲媽怕她擔心影響功課，連曲摔傷住院的事都不曾通知她。

她結束通話，起身要走：「我們下次再聊，我想先去看我哥。」

「曲在哪家醫院？」我急忙問，「我跟妳一起去看他。」

「竹鈴姊，我哥昏迷……是不是跟妳有關？」臉上寫著為難、狐疑與不悅，她欲語又止。「不然媽媽為什麼說，不要讓妳知道他在哪？」

委屈與自責的鐵鎚把心臟敲到劇痛，好重好重。心慌意亂讓自己說不出話。

「哥還沒醒……」她失望地瞥我一眼，就匆匆離去。

曲媽對我那麼好，還要曲好好照顧我，我卻害曲傷成這樣。

鼻頭酸了，視線糊了。心上插著一把內疚的刀，是生不如死。

接下來的三天，除了為曲祈禱，就是強迫自己什麼都不准想，強迫自己相信曲一定會有沒事，然後把頭埋在書本裡。

三天都不講話，真的很可怕。

因為跟人講話，萬一提到曲，怕自己崩潰到讓別人驚嚇。

曉雨見我鬱卒，本想和我聊，也被我的堅決眼神所作罷。

距期末考只剩一個星期，圖書館的人變多了，我心裡的憂也多了。

曲啊，你要趕快好起來。

我許的第一個願望，就是你要永遠守護我，和我心靈相通。這是你給我的生日禮物，你可不能收回去啊。

不知在心裡默禱了這樣的話多少次。

這天我睡晚了，到閱覽室發現人滿為患，空氣變得很差，讓人腦袋昏昏，連曲平常坐的那個位置也被別人占了，心情變得超差。

我想起曲在這時候總是會說，應該要回寢室念了，因為宿舍反而比較空。陡然，我發現曲的為人處事似乎都喜歡跟別人不一樣：他本身就有光，卻喜歡藏在斗櫃裡，不愛出風頭；他愛幫助別人得到幸福，即使被人誤解，也義無反顧。

拎起背包，我決定跟著曲的軌跡走。步出圖書館，外頭的空氣雖冷，但清新。

在大典球場旁的樹下席地而坐，翻開畫滿重點的筆記。

「幹嘛啦⋯討⋯厭⋯⋯色狼耶你⋯⋯」一個女生的低語嬌嗔在身後。

接著傳來奇怪的呤呻與調笑。

暖暖冬陽澄明，徐徐北風冷清，不論光線還是空氣，都很乾淨；但怎麼會有引人暇想、侷促不安的怪異嗯嗯唧唧，把一切都搞髒了。

我微微側頭，往樹後瞄去。兩個身軀交疊喘息，還有一些像蛆一樣的動作。

狗男女，不會去開房間啊⋯⋯本小姐今天沒位置坐，心情已經夠爛了，圖個清靜也不行，光天化日搞亂善良風俗是怎樣？

「三民～主義～吾黨～所宗——」尖起嗓子，我索性唱國歌！

樹後兩個身影慌張竄起。看著他們的狼狽，我抿緊嘴心裡狂笑。那個女生雙頰紅緋怒目朝我瞪來；視線對上，我們兩個都被雷呆——

她居然是李恩倩！

她神色由紅變青又變白，我表情由嘲變驚又變窘，心情變來變去只差沒變瘋。

「學、學姊妳、妳練聲樂啊……」

「學、學妹妳、妳學戲劇嗎……」這是什麼對話，我擔心有人往愛情動作戲方面不當聯想，目光移向身邊那個男生……誒！抓髮負心男？

「不好意思，借一步說話。」我往前一把抓住李恩倩的衣角，拉她往旁邊。

「妳現在是決定……跟前男友重修舊好？」

她望著我，寓意深不可測地撇撇嘴角：「還沒決定耶。」正確的意思是：妳選他不跟我搶文曲了？

「哪有人家這樣的！妳……想腳踏兩船？」

「有什麼不可以？我發現劈腿原來還蠻不錯的啊，哪邊對我好就跟哪邊在一起囉。妳告訴我的，做自己嘛。」

「妳要報復妳男友，可以不要找文曲嗎？」

「我對曲學長是真心的。」她一臉妳能奈我何的白目表情。「而且是妳不要他的，現在我是不是選擇學長，關妳什麼事？」

「李恩倩！」我怒不可遏，終於知道言情小說的情節至此為什麼女主角就該甩對方一巴掌了。因為我的手真的有舉起來的衝動。

「沒事吧？」抓髮負心男見我提高了聲調，靠過來問她。

「沒事。」她挽起他的手臂，親密地偎在他肩上。「學姊說她最近加入國劇社，我們走，別妨礙她吊嗓了。」

那副老娘贏了不然妳要怎樣的傲嬌表情，害我的手指癢癢的。算妳走得快，脖子沒被我掐到。

「吊嗓現在都改用國歌了喔？」抓髮負心男邊走邊問。

被劈了還不知道，白痴。劈腿者人恆劈之，活該你先前負她，現在她劈你了。

有時候，擔心是不是因為不了解啊？

薇薇學姊的話，忽然在我耳邊。

第二十話

最後一科的下課鐘聲響起。我吁了一口氣，起身交卷。

步出教室，曉雨靠過來，我問：「考得還不錯吧？」

「馬馬虎虎啦。反正考完就不要想了，想想寒假去哪裡玩比較快樂。」

「妳跟子謙有什麼打算？」

「花蓮、台東、蘭嶼玩到墾丁。」

「感覺上好像已經在度蜜月吶。」

「哪有！妳和妳的曲也可以……」她羞紅了臉，本想轉移話題，卻想起了什麼，趕緊止住。「對不起……」

我擠出笑容：「沒關係。我好很多了。」

「真的？」

「嗯。」騙妳的。因為覺得心情低落不該影響到身邊的人。

「文曲不知道有沒有來期末考？如果沒有，很多學分要重修，很麻煩吧。」

乍然，我們想到什麼，互望一眼，同時點頭。

法律系要修的學分比社福系多，我們今天考完，也許法律系還有科目要考。我和曉雨齊步往法律系系辦的大賢館小跑步。

問了助教，果然法律系明天還有一科要考。

被壓抑的擔憂與激動又被掀起。

左子謙和曲都住在大倫館，但這學期沒有同寢室。曉雨打電話給他，請他到曲的寢室看看他是否回來了。

五分鐘後子謙回電說，曲的室友表示這個星期沒看到曲回寢室睡。

燃起的希望之火又被倏然吹熄。

「不管，反正我決定明天才回家。」我的寒假計畫就是：到文曲家哀求曲媽讓我照顧他，如果不成，到各大醫院死求活求也要找到曲。但既然明天還有一線希望……

這時外套口袋裡的手機震動。是通訊行打來，說是曲的手機已修好。

曉雨看我緊張又激動，說無論如何要陪我。我們一起下山拿回手機。

在返程的公車上，我已經迫不及待打開它。

桌面照片還是在小學裡邋鞦韆時，我和曲燦爛地笑著。

點入訊息，寄件匣裡好幾則簡訊。收件人電話是我的手機號碼。

想到微微顫抖的手指就要打開曲的心門了，不知為何腦袋竟放空。身旁的曉雨推推手臂：「快啊，妳不是想知道他心底的人是誰嗎？」

「鈴，我知道妳在想什麼。但也知道妳知道我在幫李恩倩的事。

我決定幫她找回前男友。是把他的心找回來喔，不是只找到他的人而已。
告訴妳，他說很後悔離開恩倩。所以這次我的努力沒有白費哩。
看到別人幸福，自己一定會有幸福的感覺。原來妳說的是真的。
本想成功後就把整個過程告訴妳，但呂少軒卻帶妳們來『澄清』撞見。
相信妳只是對於我沒有事先告訴妳，感到不開心。對不起囉。明天去看小草莓時，
我在車上一定告訴妳。」

「呂少軒帶我們撞見？意思是他故意的嗎？」
「我不知道，只知道自己很蠢。他已經要告訴我了，」心被什麼擰著揪著，很緊很難過。「去看小草莓的時候我卻還在耍脾氣……」

「鈴，原來今天妳還在生氣啊。妳不理我，我有點傷心。
小草莓的可愛，讓我覺得好過一點。童年被遺棄的她，內心是很敏感的。
妳還是想知道我心裡的祕密？這個祕密早被埋葬了，至少我是這麼以為。
我不想講，是因為它是一個痛，一個永遠救不回來的遺憾。
說一次，就會痛一次；想一遍，就會恨自己一遍。所以逼自己遺忘。曾經。
很想知道妳是如何發現的。
如果妳一定要知道它才能相信我，請給我時間。

因為我還沒有準備好面對過去的自己。一個無能的、被唾棄的、沒人喜歡的自己。」

「他過去底發生什麼事啊？」

「他不願意說。聽曲妹說是跟一個女生有關……」心像被丟進洗衣機裡，快要攪爛了；原來我在逼他去挖自己的傷心創疤……

「鈴，妳還是不接我的電話，也不回訊。妳常說我是妳的守護天使，但其實，我很心虛。因為我曾是一個懦弱的人。常自問我有能力保護妳嗎？當妳很介意、受不了別人的流言蜚語時，我能為妳做些什麼？所以，我終於找出那個製造流言破壞我們的人。不過，我覺得告訴妳了，妳也不會快樂，所以就選擇不說了。不過，我不會讓妳繼續受傷。因為妳的第一個願望，我答應了妳。」

「妳的第一個願望是什麼啊？」

「希望他能永遠守護我，和我心靈相通。」

「他找到了誰？」

我思索了半晌：「難道⋯他知道那個『ㄚㄚ』是誰了？」

「鈴，今天看妳這麼傷心，真的很沮喪，也很氣自己。
我就是這樣，才會被人唾罵是無能的膽小鬼。膽小鬼怎能成為天使啊？
沒有勇氣面對自己，被鈴討厭也是應該的。
人都應該誠實看待真實的自己，不該逃避，才能把向前的每一步都踏穩。
就像我告訴李恩倩，她應該勇於面對過去自己的不堪。之前的她邋遢、散漫、不愛洗澡，甚至在高中時還差點留級，這就是失去男友的原因。
起先她不願面對，還說自己以前也是這樣，為什麼他就可以和自己膩在一起。
我告訴她勇於面對自己才有奇蹟。她相信了，所以妳看到了她的改變。
如果她不改變，我也無力幫她挽回前男友的心啊。
我也該勇敢地面對自己。如果不是妳堅持，我會像李恩倩一樣，選擇轉過身背對以往的自己，不看、不想也不承認。
所以我決定把鄭書語的事告訴妳。」

這則簡訊，是在我說討厭他的隔天凌晨二點多寄發的。
看來他掙扎了很久。應該是掙扎於是否把傷疤再深深挖開。

下一則簡訊則是四個小時之後，應該是他徹夜未眠到天亮：

「鈴，我把妳一直想知道的事，寄給妳了。祈盼妳不看我的簡訊，也許願意看看E-mail。我等妳的電話。」

再下一則簡訊是三天後：

「鈴，一直等不到妳的回應。我想妳應該無法接受曾經害死別人的我吧。讓妳失望了，連我都認為自己死後應該下地獄，不會變成什麼天使的吧。我很想妳，沒見到妳，覺得心是空空的。但把心中的過去說出來，心也是空空的。因為壓在心底的那塊石頭，已經搬走了。如果妳不想與我聯絡，我會選擇走入華岡的曉霧裡。讓日光帶我消失。祝福妳找到下一個天使。真正的天使。」

「怎麼辦？寄給我的E-mail都刪光了，他熬夜寫的那封信沒看到啊。」江竹鈴是豬，愛鬧脾氣的豬，現在急死妳活該。

「連上網，看看他的E-mail信箱是否還有寄件備份檔。」幸好曉雨提醒，我趕緊連上線，點入他的信箱，終於找到那封我變豬期間錯過的信。

鈴，那是高一那年的事了。

當時的我，是個一心只想考進公立大學的書蟲，眼裡、心裡滿滿的都是課文、講義、考題和分數。

事後想想，如果一直是這樣，其實也蠻好的，至少就不會有後來的遺憾。

但是上帝要找一個人麻煩，自有祂的道理，只是當下我們未必會懂原因。

那時我們班的國文老師同時兼校刊的主編，她籌畫一個徵文比賽，透過學務處要求每個班級都要派人參加。

徵文比賽即使得首獎，也不會上台大。因為這樣認為，所以覺得沒我的事。

有一天，老師上課前責備說我們都沒有榮譽感，比賽期限只剩三天了，全班居然都沒有半個人交出作品。

一個人都未必交得出了，半個人不是缺手腳就是無腦，哪有可能交得出？我在心裡這麼嘀咕，還偷笑老師生氣起來真醜。

老師當場要大家提名。全班卻鴉雀無聲。期中考快到了，誰想成績考爛？

班代見老師生氣了，提議說既然沒人提名，就由老師指定吧。

老師見無人回應，就真的指定了一個女生。因為她的作文成績總是班上最高的。見問題解決了，平日不多話的我，為了緩和氣氛，竟然大聲叫好，還率先鼓掌表示認同，引來一陣掌聲。

現在想起來，應該是想看到大家都鬆一口氣那種幸福的表情吧。

那時的我，很機車吧？

但是她不服氣，大聲說：「不公平！」

老師要她說出不公平的理由。她居然說「指定不民主、男女不平等」等。

老師說好，要全班至少男生女生各提名一個人。

哪隻老鼠敢在貓的脖子上掛鈴鐺呀？所以又恢復鴉雀無聲。

老師要她先提名，她憤怒的目光掃來掃去，像鐳射線般鎖定我，恨恨地說：「我提名文曲！」

「為什麼是我？」還有好幾本數學考古題沒算完耶，我抵死也不從。

「因為你夠機車！」

「我作文很爛耶。」

「是你像小雞吧。」

「是什麼意思啊？」

「腦小，膽小，個子小！」

全班哄堂大笑，連老師也忍不住笑出來。

那時的我個子不像現在，在班上算矮小，被嘲笑也是應該。但說無腦膽小，我可不服氣：「我就看妳多有腦，首獎就不要被我得到！老師，我提名鄭書語！」

全班同學齊發「喔」的一聲，很高興有好戲可看。

在無人再提名、大家鼓掌通過、我和她不爽互瞪互相提名的情形下，居然就我跟她代表參選了。

但，三天要寫出一篇小說耶！而且大後天開始就要期中考了呀！

煩惱皆因強出頭。我恨自己的舌頭和手掌，幹嘛沒事鼓掌叫好。

可是想到被嘲笑是小雞，心中就惱火。

就為了賭一口氣，第三天放學前，我把三萬多字的小說稿寄到指定的信箱。

然後是應付期中考。熬夜兩天寫小說的我，腦袋快當機，根本無法思考眼前的考題，只能憑殘存記憶本能反應。

結果，期中考試低空掠過，參選小說高分得獎。

揭曉那天，正在打瞌睡的我被男同學拉起來又叫又跳地喝采，等搞清楚自己得了首獎，我第一時間走到她的課桌旁：「我不是小雞！我有腦！」

她還來不及反應，就被另一批衝進教室的女同學拉起來又叫又跳地歡呼。

因為她也得了首獎。

所以她給我的反應是一對翻轉的白眼、一抹不屑的鄙笑。

原來她報名新詩，我報名小說。

她只需三百多字就贏了；我卻要耗費三萬多字的子彈，還有兩夜的睡眠。

高興的火花一秒被吹熄，只剩一縷青煙隨即幻化不見。

至少得獎已經滿足老師的期待，也沒人敢再看輕我，就當作人生中的意外小插曲吧，所以我又躲回自己唷書與分數的世界。

但是上帝只要在我們生活中輕輕滴下一顆小水珠，就能帶來生命的大漣漪。紙條、卡片、巧克力、愛心早餐，認識但不知名的、具名也不認識的，都是些什麼女生送來、傳來、寄來的，到現在都還搞不清楚。走在校園裡，尖叫、小騷動、要手機號碼、不時偷拍的閃光燈，到現在都還無法適應。

現在妳知道我為什麼只喜歡得第二名了吧。

傳給我的紙條中，有一個人雖不具名，但她的字我一眼就認出。

但在班上目光無意中遇到了，她的態度就是輕蔑、不屑和翻白眼。

這讓我懷疑她有雙重人格，所以我見到她就像見到鬼，能閃則閃。

不過，班上的八卦居然把我跟她綁在一起。

雖然厭煩，但也無奈。畢竟緋聞八卦就像煙火，燃燒別人，照亮自己。

這種感覺，常被流言困擾的妳一定能感同身受。

有一天放學後，班上另一個女同學跟我說，她發現鄭書語的錢包掉在課桌下，她急著趕去補習，希望回家會途經鄭書語家的我能幫忙送還。

能幫助別人的感覺，真好。更何況只是順道的舉手之勞。

在她家公寓三樓的門前，原本要按門鈴的手，卻停在半空。心，也懸在半空。

因為一陣淒厲的叫聲。混雜著痛苦、怨恨、悲愴、恐懼。從沒遇到這種情形的我，呆在當下幾秒。

想起爸爸被刺傷住院，因敗血症引發高燒。媽媽傷心地責備他太衝動，沒想到後果，他痛苦地喘著氣說：「我不想後悔，所以救她。」

還想起爸爸臨終前握著我的手問：「小曲知道什麼是義無反顧嗎？」還說：「照顧媽媽和妹妹。」

那年我才九歲。義無反顧？無法理解，也很痛恨。因為讓我失去父親。

七年後的我，卻義無反顧按下門鈴。大力地、長長地按。

開門的是一個赤著上身，滿臉鬍渣、滿身酒氣的男人：「銃啥小？」

我盯著他身上的豺狼刺青，堅定地說要找鄭書語。

他用那雙豺狼般的眼睛打量我全身的樣子，至今想起來心裡還是會打冷顫。

他進屋裡去喚了她。幾分鐘後，她低著頭出來，瞪我一眼，旋即避開目光。

我隔著鐵柵門隙將錢包遞給她：「妳掉在課桌下了……妳還好嗎？」

她接過錢包：「要你管！」門被「砰」地用力關上。

但是她眼眶下的淚痕、頸子上的掐痕，就此印進腦海，至今深如烙印。

第一次看到李恩倩披著長髮哭過的樣子，就馬上讓我想起當時的她也是散亂著長髮。

第二天到校，我的抽屜裡留有紙條，叫我下課後到蒸飯房後楊桃樹下。

她警告我，要是敢把看到的事告訴任何人，她一定會把我的舌頭割下來。年輕的我，不知如何面對這麼沉重的祕密，只能膽小地搗蒜般猛點頭。

之後幾天，我發現她把自己掩飾得很好，與同學仍然有說有笑，彷彿那天發生的事是我走錯了門、看錯了人，完全與她無關。

但是已經跟我有關了。不顧同學把緋聞八卦當真的眼光，我打聽到她下課後還會去便利商店打工賺錢，她的父母離異，她的監護權人是父親。

默默注意著，直到她的臉頰出現可怕瘀痕那天，我第一次傳簡訊給她。

來到楊桃樹下，我認真地告訴她：「妳應該離開妳爸爸。」

她瞪我，丟下一句：「再說就死給你看。」

三天後的一個晚上，我在她家樓下再次聽到她的慘叫，就立即報警。

自以為聰明的我，只讓她得救了幾天，就害她就被傷得更慘。

懵懂的我，完全不知如何幫她。

我決定讓八卦成真：開始纏著她，假裝想認識她，做她的朋友。

不時傳簡訊、打電話、約她一起去圖書館、上下學在路邊等她。

目的是不時提醒她，應該保護自己。

她很意外，起先把我當阿宅色胚，嘲諷斥罵，還經常拿便當盒砸我的頭。

有一天，我到她家要把她砸我的便當盒還她，在二樓樓梯間就見她衣衫不整地衝下來，一見我就躲在身後緊抓我的衣服：「救我！」

她父親追下來，手上還拿著一把菜刀。

我拉著她的手就往下跑。一直跑。

如果這樣一直跑，就能把她帶出煉獄，我一定不會停下腳步。

本想帶她去報警，但她說沒用，之前的經驗告訴她，警察會問她要證據。她也不想告自己的父親。我生氣地說：「那是畜牲，不是妳父親。」她憤怒地甩開我的手，說我不可以這樣說，因為他是她唯一的親人。

我要她去找母親，她說媽媽死了。後來才知道她媽只知吸毒，從來不知保護她，離婚後更不知去向。所謂從來，是從她小一開始。所以她就當自己的母親已經死了。

那時的我，無法理解她何以可以隱忍畜牲的獸行這麼多年；上大學後，開始接觸心理學，才能體會她內心的矛盾。

那是親情依附的束縛與近親加害的恐懼。兩者的糾結與掙扎，像殞石不得不被引力吸引，卻又烈火焚身炙融般慘痛，若無法飛離，最終註定如流星般，魂飛魄散化為一聲嘆息而已……

記得小阿姨有一間小套房要出租，經由小阿姨同意，租金只收一半。鄭書語卻說離家後不必把打工的錢給父親買酒，堅持要付全部。媽媽知道後，經常叫我早餐多準備一份帶去學校，給為了省錢常常餓肚子的她。

因此，同學都以為我在追她。

後來，她開始跟我分享心裡的話。我總是靜靜聆聽，立即給她同理心，有時自我揭露自己的想法與經驗。雖然她沒有說，但我感覺她似乎也認為我在追她。

「我要去問我家的曲。」因為有一次，她拒絕死黨好友邀約去看電影時這麼說，被我無意中聽到。

這讓我很為難。因為知道自己並沒有當她是女友。

只是，想幫她的心始終未曾動搖。

如何告訴她我不是真的想當她男友，比幫她躲避她老爸還難很多。

畢竟我才十六歲，而且根本沒談過戀愛。說出來，一定會傷害她。

或許青春就是這樣，時時熱血如波，也每每困窘無措。

啊，對了，這樣說來，我的初戀還是妳啊。鈴。

人生的困境真的不該逃避，因為轉過頭去，問題還在，甚至帶來更麻煩的事。

豺狼開始到學校來鬧，叫囂著要我把鄭書語還他，還要訓導主任記我大過。

「為什麼？」

「他誘拐我女兒！」

訓導主任和老師說好說歹，我就是不說話，就算退我學也一樣。因為第一次她說要割舌頭時，我點過頭的。而且上下學我還帶她走側門、後門，甚至幫她換裝成男生躲避堵在校門外的那匹豺狼。

如果被我發現他在途中等，就手機通風報信。她寧願請假也不敢再見到他。

他找不到鄭書語，沒有女兒的打工錢酗酒，整個人變得很毛躁。有一次我晚歸，他在途經的暗巷邊把我硬拖進去拳打腳踢，甚至揚言要殺了我。

鼻青臉腫地回家，說是自己打籃球摔的。媽媽拿了藥水幫我揉，也不戳破。她明瞭到自己的兒子跟丈夫是一樣的脾氣。

把苦水當口水往肚裡吞，其實我跟媽一樣。

然後豺狼到警局告我和誘他女兒。

我請她打電話自己跟警察解釋。警察講完電話把他罵一頓，他才悻悻然離開。

但他開始製作抹黑海報貼滿學校周圍的牆面。上面是我的照片，和說我是拐人女兒、是校園淫狼的無恥文字。

淫狼說別人是淫狼，很可笑。後來我讀了心理學，才知道這叫做錯誤歸因。

錯誤歸因在我打死不做任何解釋的情形下，也發生在學校裡。老師開始認為我是破壞別人家庭的偏差生，有一段時間常叫我到輔導中心輔導一番。同學間則開始傳出耳語，說我應該已經跟她滾過床單之類的，還有人勸她跟我分手。

面對流言，妳說我始終能了解妳的想法，其實不過感同身受而已。

如果這樣的流言，能改變宿命，我義無反顧地站在前面擋著。

但宿命若能改變，就不叫宿命了，對不對？

最可怕的是，我竟是讓宿命更宿命的那個人，妳說我該如何原諒自己？

那晚是元宵節，想到她一個人，晚餐後的湯圓我多煮了一份，送過去給她。才出電梯口，就聽到屋內傳來叫罵和哭喊的尖叫聲。

我猛按電鈴，出來應門的居然是豺狼！

「你怎麼會在這！」

「拎北對著你這個臭死囝仔對瓦故才找到的啊，幹！」

我推開他硬擠進屋裡，發現她已昏厥癱軟在地上，下半身衣物被扯破。

「你為什麼這樣對她！」我趕緊把外套脫下圍在她的腰上。

他一拳往臉上揮來，還把我掄向牆邊：「伊是拎北生的，拎北愛怎麼幹尬你啥咪抵呆啊？誰叫伊不拿錢給我？」說完還回身往她腰際踹兩腳。

我氣極了，猛力推開他，拉起書語就往外跑。但這次，她應該傷得不輕，走不太動，以致我們才出門外豺狼就追上來，從身後抓起我頭髮去撞牆。

劇痛讓我差點失去意識，只聽到她尖聲叫著：「住手！他都已經流血了！」但如雨下的拳腳不停往我臉上、腹部重重擊來，夾雜著髒話唾罵著……

我奮力起身撞他，害他踉蹌，才能再次趁隙再抓起她的手想走樓梯。

我讓她走前面，以便能護住她，抵擋那個瘋子。但他居然從後使盡全力拽開我拉她的手。拉扯間，書語恨恨地嗆了一句：「我不回去！有你這樣的爸爸，我寧願死掉！」

「那妳就去死好了！」

下一秒，我真不敢相信，他就真的把她往樓下推！

我飛身想救她，只記得曾拉住她的手臂，但止不住往下摔的跌勢，就這麼跟著她一起不停不停地往下翻滾、墜落。

再清醒，人已經躺在醫院裡。我掙扎起身到她病床邊，醫師說她傷很重，如果還能講話就把握，因為那是迴光。

「謝謝你願意假裝當我的男朋友。」原來她早知道了……

「我都還來不及體會戀愛的感覺，就要離開了。幾年後，就不會有人記得鄭書語了。」

「我流淚，因為害怕被遺忘，那樣好像這個世上從來沒有過我一樣。」

「答應我，可不可以不要忘記我？」

悲傷地聽著她臨終說的這些話，我又點頭了。

一個點頭就是一生的承諾，我永遠無法忘懷。

自己的無能、沒能抓緊她的手臂、她臨終卑微的請求，我都無法忘懷。

最無法忘懷的是：我害死了她。如果不是我要她離家、如果不是我不夠小心被跟蹤、如果我能抓緊她，她也許痛苦，但不會喪命。

這份懊悔內疚，讓我自閉了兩年，也難逃別人的批評與異樣眼光。

兩年後，我學會了埋藏這個祕密，把有關的日記都撕光。但還是被妳發現了。

我不打算對妳隱藏，只是還沒勇氣再次面對她從我手中滑落時的驚恐眼瞳。

我的個子雖然長高了，但是正如她說的，膽子還是很小。

如果妳像我一樣，無法接受一個膽小又害死過人的文曲，我會像不曾出現過般不再出現。

豆大的淚珠滴在手背。接著又一顆。再一顆。我的視線糊了，心揪出摺痕了。

「主竹，不要哭啦。」曉雨也含著淚安慰我。

「我覺得自己好殘忍……」鄭書語的被害，是曲心中最深沉的壓力與疚責，我卻……現在的我好想抱著他，對他說對不起。

退出他E-mail信箱的寄件備份匣，收件匣目錄上幾封名為「這就是你女友」的奇怪信件，引起我們的注意。

寄給文曲的，又說內容是他的女友？他的女友不就是我嗎？

我和曉雨互望一眼，共同的想法是：偷看嘸郎栽，不看不應該。

逐件點開，裡面沒有文字，都只有夾寄檔案。點開檔案，每件讓我目瞪口呆。

百花池廣場前的長椅上，馬尾女孩與明星帥哥並肩而坐，超級金童玉女的。

帥哥看著手中的書本與筆記，女孩則注視著他，看起來似乎含情脈脈。

另一張照片是馬尾女孩倚頭在傾聽明星帥哥訴說些什麼情愫的樣子。桌上的紅茶杯是大雅餐廳的店家用杯。

還有背景是草地的戶外照。女孩嘟嘴顰眉盯著帥哥，他則微慍的表情，小倆口似乎在打情罵俏般鬥小嘴。再一張是馬尾女孩閉上眼雙掌合十在生日蛋糕前許願，帥哥則深情地凝視她，兩人的臉形在燭火的映照下，氣氛超佳。

最後一張是帥哥拉住女孩的右手腕，彷彿在挽留些什麼，臉上還出現挺身而出的英雄本色。

「哇，這些照片都拍得好唯美好浪漫喔。」我不禁發出讚嘆。

「主竹，照片中的女生是妳耶。」

「對啊，我知道自己很正，但從來不知道自己可以這麼正。」

「可是照片中的男生是妳學弟呂少軒，這樣也沒關係嗎？」

呂少軒？那個畏罪潛逃的傢伙？我瞬間從自我陶醉的感覺良好中清醒！

對啊，百花池廣場前討論功課、學弟妹請學姊到大雅餐廳聚餐、菁山的班遊烤肉、租屋處天台的慶生、在「澄清」大手拉小手的窘境……

寄件人是誰？為什麼要寄我和呂少軒的照片給文曲？

回到收件匣目錄，寄件人竟然是ㄚㄚ。

拍照的人是誰？最奇怪的是，除了百花池邊的長椅、和慶生那晚以外，周遭其他的人都到哪去了，為何照片中完全不見其他在場的人？

最終話

「仁傑，學姊對你怎樣？」

「對我超好的啊，不但平常關心我的功課，生病時還照顧我，有好吃的一定請我，最重要的是，所有科目的筆記都為我印好，讓我可以放心和女友逛街。」蔡仁傑邊說邊吸著芫媛請的珍珠奶茶；「不只是妳，詩雅學姊幫我介紹女友，讓我超幸福的。妳們都是世上超完美的學姊。」

打狗看主人，所以我請芫媛把他約出來。

想不到狗仔狗腿的樣子，既苟全又苟且。

「那我應該有跟你說過，我給你的筆記都是竹鈴大一時給我們的吧。」

「有啊。我們班大家傳著印，奉為考前必讀祕笈咧。」他看著芫媛和詩雅說，笑容僵硬，目光還是不敢轉向旁邊的我。

「那你為什麼還要恩將仇報，害竹鈴學姊？」換詩雅開口，語氣變嚴厲。

「沒有啊，我怎麼會呢？」

「那這些照片是怎麼回事？」曉雨把「ㄚㄚ」寄給曲的那些照片印出來，放在他面前。他怔了一下，強作鎮靜的模樣讓我快笑出來：「哇，拍得很漂亮耶！」

「嗯？還不說！」我們的瞪視像鐳射光，巡掃他全身，他嚇得像被拔光了毛的狗打哆嗦道：「……是呂少軒叫我拍的。」

「所以你是歪歪？」

「他才是！我只是幫他偷拍而已，拍完後他要如何處理上傳，跟我沒關係。」

把ㄚㄚ部落格的照片點出，我把筆電轉向：「這些照片原來是這樣子的嗎？」

他望了一眼再點尋自己的手機相簿：「不是耶。」

我們擠向他的手機：和文曲有說有笑的女生根本沒有挽著手臂，卓珊珊也沒有吻他的臉頰；而且身邊還有很多同學走在一起談笑。

「這應該是用修圖軟體把兩個人連在一起的，看是要牽手還是接吻都行。」

未免太卑鄙了！呂少軒！算你跑得快，不然你的狗腿一定被老娘打斷。

詩雅抓起蔡仁傑的衣領：「你為虎作倀，死罪可免，活罪難逃！」

「唉呀呀……我、我只是希望好兄弟幸福而已。」

「那我好姊妹的幸福怎麼辦？好兄弟？馬上讓你變成好兄弟，七月再拜你！」詩雅作勢要搥，我連忙制止：「算了啦，詩雅。我只想知道真相而已。」

詩雅鬆開手，他才如釋重負：「竹鈴學姊，對不起啦，我不知道少軒他會……啊，以後妳婚紗照我免費服務，保證拍得如夢似幻！對了，文曲學長還好吧？」

她們三個馬上起身對他飽以粉拳猛K：「哪壺不開提哪壺，白目！」

修圖軟體？能把不想分開的兩個人連在一起嗎？……

晚上，大慈館的走廊上變冷清，因為除了少數明天才考完的系，大部分的人都已拖著行李返鄉準備過年；詩雅、芫媛也先下山回家了。

我幫曉雨收拾行李。聊到文曲，她勸我不要想太多：「我相信他一定沒事的。」

聽她這樣說，我眼角不禁又溼濡起來：「妳始終都對曲很有信心，我卻經常疑神疑鬼。我覺得自己很失敗。」

「那是因為妳比我在意他呀。因為怕失去，所以介意很多事嘛。」

「可是，曲從來不懷疑我……即使他後來知道中傷我的ㄚㄚ就是呂少軒，還顧及他是我直屬學弟，怕我不開心，所以不說……」說著，淚珠又滾下臉龐。

「主竹，不要這樣嘛！」她抱住我並輕撫我的背。「我不知道什麼原則，只知道好人一定會有好報的。妳也要這樣相信，好嗎？」

真的嗎？為什麼好心的曲爸沒有好報？為什麼曲會因為鄭書語的事被人指指點點？不過我不想讓曉雨擔心，所以趕緊抹去淚珠，擠出笑容：「嗯！我要這樣相信。」

我幫曉雨把行李拎下樓，左子謙已經等在門口。他接過旅行箱：「我剛剛還去看過了，他寢室裡的燈沒亮。」

送他們到公車站上車後，身邊和心裡虛空感更強烈。信步走到興中堂、大陸麵店、大義球場、大典館天台、圖書館閱覽室……每個我和曲駐足過的地方……

讓人憶起，那些並肩同行踩過的晚霞。
曲啊，我們還有許多未說出的心底話。
風雨雲霧，我學會相信不能區分多寡。
可惜，計較使自己未能及時越過籬笆。
你對於我，原來純粹到絲毫沒有虛假。
身影，如今只剩傷人的無盡夢縈牽掛。

思念著，懊悔著，不覺來到大倫館門口。

請託正要進去的男生幫我去曲的寢室。回覆仍然一樣。

回到大慈館，寢室裡空盪盪。心也空盪盪。

臨睡前，文曲手機飄出幾個音符。我滑開，是一則簡訊。

> 曲學長，不知你考得怎樣？謝謝你幫我找回幸福。我試過了，竹鈴學姊的心裡還是你。你心裡的那個位置也只為她保留的吧，我知道是不可能被搶過來的。正如你說，時間根本不對，你們的位置也已站定，把握現在才是真幸福。希望竹鈴學姊能早日發現你始終在燈火闌珊處。祝你寒假愉快。
>
> 恩倩

所以，她先前跟我說要搶椅子坐的事，其實只是……試我？

看來，她還不知道文曲抱著我從樓上摔下的事。

燈火闌珊處？恩倩，妳根本不知道曲本身就是燈火啊，只是被人放在地窖、自己藏在斗下而已。

躺在床上輾轉反側，無法入睡。想著曲為了一個承諾，為了救鄭書語，寧願背負不白之冤，被人誤解也不解釋，怎麼會這麼傻。轉念又想到，這就是他堅持的原則啊，就像自己，打死不做小三、堅信外表太帥不能愛、不顧後果也想幫助別人，不也是傻傻堅持一些自己相信的原則……

「他說妳是社福系的，是個什麼事都愛講原則的可愛女生唷。好久沒看到我哥這樣子笑著了，妳知道嗎，是發自內心的笑喔。」

看來，我們都是傻得可笑，也傻得可愛。

「鈴，妳真是個特別的女孩。」

摩天輪上我們紅著臉的情景；公車上你可愛的窘態；在「澄清」你在乎我的模樣；答應過不能說的事就一定守密，原來你答應的人不是李恩倩；曲啊，你才是特別的天使。你的小虎牙好可愛。你為什麼都不吻我……

書桌上傳來手機的震動聲打斷思緒。我起身，靠在一起的兩支手機，是曲的那支震動著。

「喂？」

「呃，請問，這是文曲的手機嗎？」女生，聲音好聽。似曾聽過。

「是……妳要找他嗎？」

「我要找妳。為什麼他的手機在妳這裡？」

「蛤？」這說來話長了。

「妳是他誰？」

「我是他……」剛開學時我為了流言蜚語躲躲閃閃，如今歷經風雨換來勇敢，那些多餘的顧慮不再，我大聲說：「女友！」

「咦，是竹鈴姊？」對方的口氣變得興奮，「我小晞啦。」

「文晞？」我跳上床屈膝，激動起來，「對不起！真的對不起！我害妳哥哥這樣子，我……」淚水和哽咽讓我語塞，說不下去。

「竹鈴姊，妳先別哭嘛！我哥已經好得差不多了啦。」

「真、真的嗎？」

文晞說曲是在一個星期前醒來，聽說我完全沒受傷，就比較放心。因為距離期末考只剩三天，曲媽還要為虛弱的他調理身體，所以現在和曲借住在市區好友家。她也曾去探望，曲說手機掉了，打自己的手機又不通，以致無法與我聯絡，加上考試在即，她正拚命準備，而她也不知道我的手機號碼，所以讓我擔心到現在很不好意思。曲一再跟她和媽媽解釋事情與我無關，是呂少軒酒後失控意外。今天她考完了，想到也許有人撿到手機，想再幫曲試試，想不到手機竟會在我手裡。

壓在胸口的大石塊終於放下，我整個人鬆懈癱軟。

但心中的掛慮又起：「晞，伯母真的不怪我嗎？」

「我媽不知多護著妳咧，怕影響妳考試，才不讓妳知道哥在哪家醫院的。」

這件事聽曉雨說過。猶豫半晌，我最想知道的事其實是：「晞，妳哥……」

那端也沉默少頃：「竹鈴姊和哥之間到底怎麼了？」

「他……沒跟妳說？」

「沒有，我只知道他以前提起妳時的那種笑容不見了。」

因為我甩開他手，說討厭他。因為我不相信他，醋令智昏。

文晞見我不作聲，笑意很深地說：「是我哥吃妳和妳學弟的醋齁？等他考完回來，我幫妳教訓他，叫他一定要帶妳來我們家過年！這樣好不好？」

妳真是體貼的小姑——呃哼，小姑娘。「其實，他沒有吃醋。是我不好啦。」

「喔，那就是有誤會囉？解釋清楚就好了嘛。放心，我會叫我哥打這支手機給妳的。」曲的聲音好聽，讓人安心；晞的聲音也是，讓人愉悅。

我們又閒聊了幾句，她說明天還要和同學去墾丁玩，所以跟我道別。

放下手機，懸著的心也放下一半，這才發現已經凌晨二點多了。

也許是撐太久，一旦放鬆，就特別疲累。一覺醒來，眯一眼腕錶……十點。

十點？十點！十點了！居然十點了！法律系今天最後一科已經考完了！

我跌下床，披上外套連滾帶爬衝出宿舍，火速衝往法學院。

大賢館門前陸續有人走出，我認出其中一人，顧不得自己的亂髮像瘋婆子一般就抓住他手臂：「侯志堅你還記得我嗎？」

他嚇了一大跳。我趕緊撥撥頭髮，給他一個微笑，他才吁口氣：「妳是跟文曲一起吃麵的那個漂亮女生。」

「你有看到文曲嗎？」

「咦，他早我十分鐘交卷，可能已經去搭公車要下山了唷。」

我丟下一句謝謝，就往候車亭飛奔。

曲……等我……

大霧中，一輛公車在我眼前揚長而去，只留下幾縷青煙。

拖著失望的步子，我垂頭喪氣地踱回宿舍。

失神地梳洗整理後，我鎖上寢室的門，拖著行李步出大慈館。

霧氣仍然濃，濃得不見人，但聞人語響。

這學期就在這樣的曉霧中，隨人云，心如雲。

前往公車亭途中，我抬眸望了一眼大典館。這棟樓的天台上留有太多的回憶。

大典館的四個角，像牆堡又像齒輪。我和曲的冷戰始於摩天輪。

「妳的第一個願望，我已經努力在做了，希望妳會滿意。」

「妳不是希望我永遠守護著妳，和妳……心靈相通嗎？」

在摩天輪上，曲說這話時的靦覥模樣，至今猶新。

想到這裡，我忽然佇足。如果心靈相通的話……

一個異想的調皮念頭升起，讓我嘴角微微彎起。

我轉身，往大孝館走去。它的走廊側邊下方有個觀景的情人坡，視野絕佳。平時白天觀景遊客聚集，夜晚則情侶三五成群，我都避而遠之；但今天並非假日，又已考完，學校冷清得很，這裡完全沒人。

我坐在走廊的水泥圍欄上，整個台北盆地的景致盡收眼底。

然後閉上眼，默想著一個人。一句話。一個東西。

那個人常在我心中的天空自由飛翔。

沒有翅膀，但是能飛，因為把自己看得很輕。

「我要為妳完成三個願望。」

那個人的這句話，在我心中始終保持溫度。

「我認為有天他一定會送花給我，而且一定不是玫瑰花。」

「未來的事妳怎麼可能知道？連會不會送什麼花都知道？」

「相信。因為相信。」

相信像個純淨的小天使，輕巧飛舞，帶來潔白與歌聲。只要看著，就能幸福。猜疑卻常悄悄附在耳邊，喁喁密語，說進撩撥與動搖，只需聽聽，身陷迷霧。那個寶貴的東西，是相信。

相信得純粹，所以嗅到橘子的清新。清新附在霧氣的分子上，飄入我心。我的嘴角上揚了。

「妳在想我嗎？」

「你也在想我，不是嗎？」我睜開眼，轉眸望向身邊：側臉稜線……好帥。

「嗯。讓妳擔心很久，對不——」

「不要這樣說，」我伸出食指擋在他唇前，「這句話是我該說的。」

「妳見到我，不開心？」

「怎會？」

「那妳為什麼流淚？」他用手背輕拂我臉頰，傳來溫熱。

原來淚水在自己不知覺間偷偷溜下。

「因為你為了我，我不捨。」

「我說過要為妳完成三個願望的。」

「知道我討厭你什麼？」

「心裡有人有話不告訴妳？」

「討厭你明知我想你哄我，卻不哄我。討厭你被我冤枉了都不辯解。」

「那糟糕，以後還會被妳討厭了。」他露出小虎牙。

「以後不會了，因為知道這是你無法改變的。連你的無法改變，我都喜歡。而且，我不介意你的肩膀借那些受傷的女生靠一下的喔。」

「謝謝。」

「但是，你要告訴我，為什麼知道丫丫就是呂少軒？」

「他在迎新晚會和班遊營火晚會時看妳的眼神，透露了他的內心。」

「想不到你戴墨鏡和彈吉他時，還可以一心二用。」

「對我而言，他太明顯。」

「你知道為什麼我會知道你的心裡有人？」

「……難道，也是因為我的眼神？」

「呵呵。沒辦法，誰叫你的眼神那麼迷人。」

「有一回在校園裡發現他偷跟著我，覺得奇怪，我趁機和他聊部落格照片的事，請他不要假裝網友攻擊別人。他很驚訝我居然知道是他，馬上跟我道歉，還一直拜託我不要告訴妳。」

「難怪他能學你的髮型、知道用一樣味道的洗衣精。」我想起生日那晚天台上的情景。「你怎麼沒有告訴我？」

「妳說妳知道他是個小惡魔。而且，妳和學弟翻臉，也不是我所希望的。」

「你不怕他把我追走啊？」

「我相信妳是相信我的。」

「怎麼知道那晚我在呂少軒那裡遇到麻煩？」

「後來他故意帶妳和曉雨來『澄清』製造巧遇，顯然他不甘心得不到妳的心。那晚在校園裡遇到要去社團的詩雅，她說妳被邀去他的慶生會，當下，我的心一陣不安，是有生命危險的那種不安……」

「這樣算不算心靈相通啊？」

「妳知道營火晚會時，我也有點歌給妳的，只是，因為無名女的插曲，讓晚會意外提早結束，結果沒辦法唱給妳聽。」

「我知道，你點了〈最珍貴的角落〉給我。」

「咦？是我還是誰有告訴過妳？」

「沒有。因為我點給你的也是這首。」

他把視線轉向我，睫影笑了。我也笑著。

「妳知道嗎，我昏迷期間，曾做了一個好長好長的夢。」

「什麼夢？」

「以前經常夢到抓著血淋淋在哭泣的她，已經快抓不住了，她父親還從背後踹我，使我失手讓她下墜滾落，她驚恐的眼瞳，每次都讓我從噩夢中嚇醒。這次，她從雲霧中下來，來到病床前，輕聲在我耳邊說她現在過得很好，謝謝我把翅膀借給她。我哪來的翅膀？她看穿我的疑惑，微笑說：『你這次把翅膀借給那個女生，所以你受傷了。』她還說：『以後我不會再到你夢裡來了，謝謝你記得我。』」

「所以，她沒有怪過你。」

「知道她在那裡過得很好，我才能放心啊。」樹梢上一隻藍鵲振翅飛起，他順著牠的方向，仰望蒼茫的天空。

我忍不住挽住他的手臂，把頭倚在他肩上。

「但是，我錯怪你。」

「所以，妳離開我。」

我坐直，縮回手，看著他。

「但是不論妳想跟我分開幾次，我都想把妳追回來。」他的瞳眸裡盡是認真地凝視我：「鈴，妳能再次與我交往嗎？」

楓糖溢滿心房。我搥上一拳，再緊緊勾住他手臂：「知不知道我為什麼在這裡等你？」

「因為我會知道妳心在想什麼？我還知道妳肚子裡在想什麼呢。」

「肚子？」

「它在想：怎麼不給我東西。」唉，我確實沒吃早餐。他從背包裡取出一個保鮮盒。

我接過打開：一塊小巧可愛提拉米蘇，上面一朵用草莓雕成的花。還有一朵金黃焦酥、有著五瓣花形的煎蛋，鋪放在三明治上。

「好漂亮！」我驚呼。

「李恩倩會做提拉米蘇、愛心便當，妳不會做，沒有關係。我會。」

「人家怎麼捨得吃啦。」

「吃了以後可以再做。」

「這就是傳說中的黑輪蛋嗎？可是不黑呀。」

「黑輪蛋不一定要黑吧。」

要經歷多少，才能把煎蛋的邊邊從焦黑變成金黃……

我抬頭，凝眸於他水潤潤、鮮紅紅的唇。「人家想先吃……」

他靠近，睫影半閉，灼熱鼻息徘徊我臉龐。

我闔上眼，感到他輕觸的溫軟與脈跳。

「先吃什麼……」

「水果沙拉……」

他把我擁入懷裡，帶電的雙唇與我相接。接觸到他的溫軟，我的呼吸自動停止……

咦，曉雨說，這是幾壘啊……不管了啦，人家腦袋已經暈到酥融，哪能記那麼多！自己翻前面去找啦。

要青春06　PG1218

要有光 FIAT LUX　原來 幸福一直都在

作　　者　牧　童
責任編輯　廖妘甄
圖文排版　周妤靜
封面設計　蔡瑋筠

出版策劃　要有光
製作發行　秀威資訊科技股份有限公司
114 台北市內湖區瑞光路76巷65號1樓
電話：+886-2-2796-3638　傳真：+886-2-2796-1377
服務信箱：service@showwe.com.tw
http://www.showwe.com.tw
郵政劃撥　19563868　戶名：秀威資訊科技股份有限公司
展售門市　國家書店【松江門市】
104 台北市中山區松江路209號1樓
電話：+886-2-2518-0207　傳真：+886-2-2518-0778
網路訂購　秀威網路書店：http://www.bodbooks.com.tw
國家網路書店：http://www.govbooks.com.tw
法律顧問　毛國樑　律師
總 經 銷　易可數位行銷股份有限公司
地址：231新北市新店區寶橋路235巷6弄3號5樓
電話：+886-2-8911-0825　傳真：+886-2-8911-0801
e-mail：book-info@ecorebooks.com
易可部落格：http://ecorebooks.pixnet.net/blog

出版日期　2015年2月　BOD一版
定　　價　250元

國家圖書館出版品預行編目

原來 幸福一直都在 / 牧童作. -- 一版. -- 臺北市 : 要有光, 2015.02
面； 公分. -- (要青春 ; PG1218)
ISBN 978-986-90474-5-6 (平裝)

857.7 103023264

讀者回函卡

感謝您購買本書，為提升服務品質，請填妥以下資料，將讀者回函卡直接寄回或傳真本公司，收到您的寶貴意見後，我們會收藏記錄及檢討，謝謝！如您需要了解本公司最新出版書目、購書優惠或企劃活動，歡迎您上網查詢或下載相關資料：http:// www.showwe.com.tw

您購買的書名：________________________________

出生日期：________年________月________日

學歷：☐高中（含）以下　☐大專　☐研究所（含）以上

職業：☐製造業　☐金融業　☐資訊業　☐軍警　☐傳播業　☐自由業
　　　☐服務業　☐公務員　☐教職　☐學生　☐家管　☐其它____

購書地點：☐網路書店　☐實體書店　☐書展　☐郵購　☐贈閱　☐其他

您從何得知本書的消息？

☐網路書店　☐實體書店　☐網路搜尋　☐電子報　☐書訊　☐雜誌
☐傳播媒體　☐親友推薦　☐網站推薦　☐部落格　☐其他________

您對本書的評價：（請填代號　1.非常滿意　2.滿意　3.尚可　4.再改進）

封面設計____　版面編排____　內容____　文／譯筆____　價格____

讀完書後您覺得：

☐很有收穫　☐有收穫　☐收穫不多　☐沒收穫

對我們的建議：________________________________

____

____

____

請貼
郵票

11466
台北市內湖區瑞光路 76 巷 65 號 1 樓
秀威資訊科技股份有限公司 收
BOD 數位出版事業部

（請沿線對折寄回，謝謝！）

姓　　名：______________　年齡：________　性別：□女　□男

郵遞區號：□□□□□

地　　址：______________________________

聯絡電話：（日）______________（夜）______________

E-mail：______________________________